TYPO bénéficie du soutien de la Société de développement des entreprises culturelles du Québec (SODEC) pour son programme d'édition.

Gouvernement du Québec – Programme de crédit d'impôt pour l'édition de livres – Gestion SODEC.

Nous reconnaissons l'aide financière du gouvernement du Canada par l'entremise du Fonds du livre du Canada pour nos activités d'édition.

Nous remercions le Conseil des Arts du Canada de l'aide accordée à notre programme de publication.

PLEURE PAS, GERMAINE

CLAUDE JASMIN

Pleure pas, Germaine

roman

Éditions TYPO
Groupe Ville-Marie Littérature
Une compagnie de Quebecor Media
1010, rue de La Gauchetière Est
Montréal, Québec H2L 2N5
Tél.: 514 523-1182
Téléc.: 514 282-7530
Courriel: vml@sogides.com

Maquette de la couverture: Martin Roux
Photo de la couverture: © Paul Laramée

Catalogage avant publication de Bibliothèque et Archives nationales du Québec
et Bibliothèque et Archives Canada

Jasmin, Claude, 1930-
Pleure pas, Germaine: roman
(Typo. Roman)
Éd. originale: Montréal: Éditions Parti pris, 1965.
Publ. à l'origine dans la coll.: Collection Paroles.
Comprend des réf. bibliogr.
ISBN 978-2-89295-328-2
I. Titre. II. Collection: Typo. Roman.
PS8519.A85P4 2010   C843'.54   C2010-942289-9
PS9519.A85P4 2010

DISTRIBUTEURS EXCLUSIFS:

• Pour le Québec, le Canada
et les États-Unis:
LES MESSAGERIES ADP*
2315, rue de la Province
Longueuil, Québec J4G 1G4
Tél.: 450 640-1237
Téléc.: 450 674-6237
*Filiale du Groupe Sogides inc.;
filiale du Groupe Livre Quebecor Media inc.

• Pour la Belgique et la France:
Librairie du Québec / DNM
30, rue Gay-Lussac, 75005 Paris
Tél.: 01 43 54 49 02
Téléc.: 01 43 54 39 15
Courriel: direction@librairieduquebec.fr
Site Internet: www.librairieduquebec.fr

• Pour la Suisse:
TRANSAT SA
C.P. 3625, 1211 Genève 3
Tél.: 022 342 77 40
Téléc.: 022 343 46 46
Courriel: transat@transatdiffusion.ch

Pour en savoir davantage sur nos publications,
visitez notre site: **www.edtypo.com**
Autres sites à visiter: www.edvlb.com • www.edhexagone.com
www.edhomme.com • www.edjour.com • www.edutilis.com

Édition originale:
© Claude Jasmin, *Pleure pas, Germaine*,
Montréal, Parti pris, 1965.

Dépôt légal: 4e trimestre 2010
Bibliothèque et Archives nationales du Québec 2010
Bibliothèque et Archives Canada

En guise de préface à Germaine

C'était une époque où on choisissait son éditeur comme on choisit une carabine. Et les éditeurs choisissaient leurs auteurs dito. Que Jasmin vienne à Parti pris, c'était une sorte de pied de nez à tous les autres éditeurs. On se serrait les coudes contre la médiocrité, la mocheté, le manque de goût des autres. On publiait du joual comme on crache au visage des pontifes gouvernementaux, journalistiques, critiques et universitaires. C'était tellement de la bagarre, que je me souviens encore du jour où Jacques Hébert et J.-Z. Léon Patenaude avaient convaincu les éditeurs québécois de refuser toute subvention gouvernementale si les Affaires culturelles du Québec persistaient à boycotter Parti pris, *because* le joual.

C'était une époque ardente. En connaîtrons-nous d'autres ? À telle enseigne que Claude décida de renoncer à ses droits et de les léguer à Parti pris pour qu'il poursuive le combat. Comme on donne ses cartouches à son voisin qui est en première ligne.

Mais parlons un peu du livre. Quand le Jasmin m'est arrivé, quel éblouissement !, des phrases courtes, comme le halètement d'un coureur. Et dès la première phrase, on était embarqué jusqu'à la fin. Je l'avais lu en une heure. Donc, ça marcherait. Je ne m'y étais pas trompé. *Germaine* a été un hit.

Il y avait aussi le titre du roman de Laurent Girouard, jamais écrit probablement : *La crotte au nez*, il y avait l'assassinat à coups de tournevis dans le gorgoton du Cassé, je vous l'ai dit, c'était une époque de hauts contrastes, le soleil était plus brillant et l'ombre était plus noire. Mais cette *Germaine*, quel roman ! C'était comme du cinéma, tiens ! Typiquement nord-américain, et qui bousculait aussi quelques vaches sacrées au passage, le cardinal Léger par exemple, et aussi qui vous montrait la réalité du peuple du Plateau-Mont-Royal. Tiens, ça va faire plaisir à Jasmin, ça, il annonçait *Le Matou* et Michel Tremblay. Et surtout, et c'est ce qui fait toujours son prix vingt ans après, c'est un roman de la misère des villes, comme en firent Zola et Hugo, les seuls romans qui durent parce qu'ils sont durs, parce qu'ils vont vous chercher l'âme humaine dans son plus profond et son plus vrai.

GÉRALD GODIN

À messieurs:

Mario Bachand
Alain Brouillard
Richard Bizier
François Gagnon
Jacques Giroux
Gabriel Hudon
Yves Labonté
Denis Lamoureux
Eugénio Pilote
Gilles Pruneaux
Pierre Schneider
Georges Schoeters
Roger Tétreault
Raymond Villeneuve
et autres croyants, convaincus ou d'occasion,
qui manquèrent de patience.

Un guenillou,
Léon de Rivière-des-Prairies…

Se faire bardasser. Partir sur une baloune tous les vendredis soirs. On vient qu'on en a plein le casque. J'suis pas le diable fier. J'ai quarante ans. Déjà. Où c'est que ça m'a mené de me faire mourir à travailler comme un maudit cave toutes ces années. Vingt-cinq ans de sueurs. De job en job. Mal payé, malcontent. Y a pas un plant, pas un trou d'usine où j'ai pas sué, pas une manufacture de Montréal où j'ai pas un peu bavé pour ma pitance. Et là, j'ai eu envie de changer. D'aller me laver, d'aller plus loin. Je me sens plein de poux, sale à mort, de la morve. Puant. Et la femme qui me répète son idée, sa maudite idée, sa Gaspésie.

– Faudrait s'en aller ailleurs, Gilles. C'est trop grand, trop paqueté, la ville. On devrait tenter sa chance à campagne, en Gaspésie.

On y va. On va voir ça ta fameuse Gaspésie, ta Gaspésie en or, on y va.

Les enfants, ça comprend jamais rien. Y étaient fous comme des balais. On a attendu que l'école finisse. En voiture, mes petits morveux! Albert, le grand, braillait:

– On va manquer les fêtes de la Saint-Jean-Baptiste. On va manquer la parade.

Quatorze ans, et ça braille encore pour des parades. Y a fallu une claque sur la gueule pour l'arrêter de chialer. Ma plus vieille, ma plus smart, Murielle, et ça a juste quinze ans, aide sa mère. La remorque, que j'ai accrochée derrière mon char, déborde de bébelles, de traîneries, de bouts de linge. Albert niaise avec son vieux transistor détraqué. Inutile et fainéant. Les petits, Roland et Janine, s'amusent à jumper sur le tas de bagages.

– Bande de petits maudits fatigants ! Allez vous assir dans le char. Vous allez démancher les paquets d'affaires.

C'est ma vieille gueule encore. Pauvre Germaine ! Toute sa chienne de vie a va chialer, gueuler après tout un chacun. Même mort, enterré, y me semble que je vas encore l'entendre au fond de mon trou. Ses criages, je les ai au fond des oreilles. Y me semble que ça fait une éternité que je vis à côté d'elle et que j'l'écoute crier pour un oui, ou pour un non, pour un rien, pour… pour des fois, de maudites bonnes raisons. J'suis pas un bon mari.

C'est fait. Ça tient. De la corde, en veux-tu, en v'là. Des bouts de câbles, des bouts de cravates, des ceintures de cuir fixés ensemble. Ça tient. Ma vie. Mon héritage. Notre existence, depuis ce lot d'années, sur la rue Drolet. Salut, deuxième étage en marde ! Salut, escalier du cul où on se pétait la gueule tous les hivers, marches branlantes, rampes branlantes, salut p'tite rue Drolet. On part.

– Pourquoi partir dans la nuit, comme des voleurs, p'pa ?

– Parce qu'on est des voleurs, Murielle. Six mois de loyer pas payé.

Par la ruelle, comme des voleurs. Je cherche, des yeux, ma beauté. Je la retrouverai jamais ma beauté. Seize ans. Une perle, une vraie petite fée, une danseuse. A repose au cimetière de l'Est. Faut bien que j'l'admette, on aurait pu me prendre les petits, Janine et Ronald, on aurait pu me tuer le grand Albert, mais celle-là... je m'y ferai jamais. Seize ans! Une vraie beauté, pleine de vie, joyeuse. Rolande!

Y fait une belle nuit de juin. C'est doux. Le tacot décolle. Je pèse sur le gaz.

– C'est loin la Gaspésie, hein, pôpa?

– Oui ma crotte, c'est loin, on est pas rendus, c'est au bout de la carte.

Janine se laisse brosser les cheveux, elle ronronne comme une chatte. Quand ma Germaine est troublée, quand ça va pas, quand a du trouble, je le sais, a brosse les cheveux de la petite, comme une vraie mécanique. Ça finit pas.

– On va aller voir ça, ta Gaspésie.

Elle a un petit sourire. A même pas regardé la maison. Rien. C'est drôle. Au fond, les femmes sont dures. On le sait pas assez. Les femmes sont dures.

Albert pousse sur Ronald.

– R'garde comme faut, on va prendre «la route en l'air», t'aimes tant ça.

Ronald se secoue et ouvre les yeux grands comme la panse.

– Tu vas venir t'assir en avant, la mère?

– Non, ça m'énerve moins en arrière. La remorque t'empêche pas trop de voir?

– Albert, as-tu accroché une guenille rouge?

– J'en ai pas trouvé.

– T'as rien mis?

–Oui, une blanche. Une grise plutôt. Un tablier.

–C'est fin.

Germaine le dévisage, toujours mauvaise avec lui. Et je la comprends. Y est à quatre pattes à terre pour essayer de réparer le radio du char. Y fait le fin. Y sait rien faire, mais y est plein d'entreprises ; la bonne volonté, c'est Albert. Y a des bruits, des petits grognements. Y va finir par l'avoir, le grand slack.

–C'est mon tablier d'école qu'y a pris.

Ça chiale, ça s'agace, ça se tripote. Toujours les mêmes niaiseries. C'est bête des enfants. Ça sait pas vivre.

On arrive au bout du métropolitain. Je fais un croche à Rivière-des-Prairies, histoire de me faire rembourser.

Une vraie cabane. Une cour pleine de cochonneries. Ça joue les antiquaires. Pauvre Léon ! Il est dans sa cave. Les enfants débarquent en silence. La noirceur les rend méfiants, tranquilles. Impressionnés. Albert court vers les vieux chars démantibulés. Y entraîne Ronald de force. Y va tout réparer en un tour de main. Y a sa paire de pincettes à la main. Mon radio peut attendre.

Murielle me suit en dansant. La mère reste dans le char à brosser les cheveux de Janine qui doit dormir à poings fermés.

Léon est jamais surpris. C'est un veilleur de nuit. Y peut pas dormir, jamais.

–Salut. T'es en route ? Tu t'es décidé ?

–Oui, as-tu mon vingt piastres ? J'aurai besoin de tout mon argent. Tu comprends ça ?

–V'là un dix. C'est tout ce que j'ai. Regarde !

Y retourne ses poches vides. Y dit vrai. Je le connais, y m'aurait donné sa culotte.

– Regarde ça !

– Es-tu fou ?

Y m'montre un ostensoir d'église, brillant, doré à mort. Ça lance des flammèches. Y est tout fier.

– Le veux-tu ?

– Es-tu malade ?

– Quoi, tu pourrais le vendre à un curé de campagne. C'est un beau morceau.

– Donne toujours. On sait jamais. Un coup mal pris.

Murielle joue avec l'éternel grand chien jaune de Léon, sale et joyeux.

Je regarde la bébelle brillante :

– C'est-y du… correct, Léon ? Pas un vol sacrilège ?

– Pas trop certain. C'est le petit Marcotte qui me l'a vendu. Les enfants savent que j'ramasse n'importe quoi. Y savent p'us quoi me vendre. Si tu savais les affaires qu'y me dénichent. Pas croyable. Je suis obligé de tout fourrer ça dans ma cache. Tu comprends, j'attends six mois, un an. La police vient faire son tour tous les deux soirs. Sont pas fous !

Avec l'ostensoir, Murielle a eu le grand chien jaune, une cage vide et un petit briquet qui marche même pas. Y voulait aussi lui donner autre chose. Y a reçu une claque sur la gueule. En voilà une qui finira pas comme ma Rolande, Dieu merci ! A fait pas attention à rien. Était juchée sur un buffet pour examiner une vieille horloge coucou. Y a voulu l'aider à descendre à grandes mains sous sa jupe. Et vlan ! A va à l'automobile en sautillant et j'vois ses tétons qui sautent sous sa veste de laine trop large. Léon a dû voir ça lui aussi, et comme y pense qu'à les allonger les petites comme les grandes… Y a fallu qu'y en perde de ses petits trésors d'antiquités pour faire taire les gamines du quartier. Pauvre Léon! Une manie!

On sort du bout de l'île. J'ai les yeux qui me piquent. Ronald est étendu sur mon grand Albert, la bouche ouverte, ronflant. Y a des nuages qui circulent à toute vitesse autour de la lune.

– Ça marche, hein? Écoutez ça!

Mon Albert est fier de lui. Le radio lâche une p'tite musique grinchante. Quand l'annonceur de nuit vient faire ses petites farces plates, y se penche pour écouter. C'est jamais clair. Juste bon pour la petite musique. Zéro pour les paroles.

Les nuages défilent, j'ai jamais vu ça.

– Germaine! Dors-tu?

– Non.

– Es-tu contente?

– De quoi?

– Ta Gaspésie!

– Ça fait vingt ans de ça. À quinze ans j'étais serveuse en ville, tu l'sais. Vingt ans de ça. Je reconnaîtrai p'us rien, c'est certain.

– Voyons donc, la campagne ça change pas, de siècle en siècle, c'est toujours pareil, tu vas voir.

Y a un petit bruit fatigant, c'est la portière à gauche, en arrière. J'ai ben fait de la barrer avec la chaîne de bicycle d'Albert. On sait jamais, a pourrait lâcher, s'ouvrir, et houps, la mère sur le pavé!

– Tu ris?

– Non, Germaine, j'ris pas.

– Tu ris pas.

– Non, j'ris pas.

Albert se retourne et regarde sa mère. Longtemps. Avec son petit sourire fendant.

–Regarde donc en avant, grand flanc mou! On traverse De Repentigny. Mon pauvre Gilles, t'es pas rendu!

–Trois-Rivières, c'est loin encore?

–Oui, pas mal, la mère, pas mal.

Elle ouvre ma boîte à lunch, sort le thermos et se sert un peu de cream soda. Ça la remonte, le cream soda. C'est sa boisson préférée, le cream soda.

Le flat de Saint-Sulpice

J'aurais dû chercher mes roues avant de partir, mais on a fait trop vite. Y a toujours un baveux de voisin, une âme charitable pour faire un téléphone. Et bang! le propriétaire serait venu me collecter. Le pneu d'en avant est fendu gravement. La nuit, une chance, est claire et nette. Tout le monde dort dans le char. Y a que la mère, les yeux grands ouverts qui regardent le vide. L'Albert, toujours si dur à coucher le soir, cogne des clous avec le petit, toujours étendu en travers, la bouche ouverte.

Pas un chat. C'est le calme complet. Le garage le plus proche n'est qu'un trou noir de plus. J'sors le jack, c'est pas facile. Tout est tant bourré. J'ai dû en sortir et en remettre. J'en profite pour faire le tour de la remorque. Tout y est. Ça m'a l'air de tenir pas trop mal, y a pas trop rien qui dépasse. Opérons. Tabarnac que mon jack est rouillé!

Est venue me retrouver. C'est drôle, je l'ai pas entendue sortir du char. A un petit air drôle, son châle sur les épaules, un peu de buée lui sort de la bouche et la lune fait briller ses cheveux rouges. A m'enlève le torchon et me frotte les doigts avec. C'est sa vocation: nettoyer. Ça finira jamais. A me regarde en silence et pis c'est sa déclaration:

–Tu le regretteras pas, mon vieux, tu le regretteras pas. Tu vas voir, là-bas en Gaspésie, les gens sont moins durs. T'es pas toujours obligé de payer tout. Y savent attendre. Y sont pas pressés. Si ça te plaît pas la pêche, tu pourras ouvrir un petit commerce. Un garage peut-être, t'es solide en mécanique. L'été, les affaires, c'est de l'or, c'est rempli de touristes américains. Y viennent de partout. Déjà, dans mon temps, et ça fait toute une mèche, c'était plein à Gaspé, à Percé, à Bonaventure, partout. Tu verras, mon Gilles, ça va être la bonne vie. Pas riches, mais on vivra en paix.

–Et pourquoi pas à Saint-Sulpice? Ça m'a l'air pas mal, regarde! A regarde autour. Sans trop rien voir. A s'éloigne, va faire une petite marche. Je me roule une cigarette. Le cul sur l'aile du char. On est tranquille. On a la paix. Ça commence en beauté. Un char plein de petites vies. Y me manque que ma Rolande qui dort au cimetière de l'Est.

Je sais p'us combien de fois j'suis allé les voir, les questionner, ces niaiseux du poste de police. Toujours pas de nouvelles. Je criais: « Un p'tit morveux d'assassin, ça doit se retrouver, non? » Y m'faisaient asseoir, y m'offraient du café b'en noir! Chaque fois que j'allais me plaindre, oui, j'avais un coup de trop dans le corps. C'est dans ces moments-là, à la quatrième bouteille, que j'en pouvais p'us. Le chef du poste était un gros géant poilu, fort comme un bœuf. Y venait me reconduire. On jasait ensemble. Y me répétait: « On le pincera, un bon jour. » Je bavais de rage: « Quand? Quand? » – « Un jour, on lui mettra la main au collet. La justice a toujours le dernier mot, monsieur Bédard. »

Et ça fait huit mois déjà. Et le bandit qui l'a violée, qui l'a saignée, court toujours. Y pourra pas courir longtemps. Grâce au cher vieux Léon, on a pu faire notre propre enquête. Si ma Germaine savait ça. A a été surprise quand j'me sus décidé à y aller vers sa chère Gaspésie : « Qu'est-ce qui te prend ? Je t'en parlais même pas ! Ça te prend fort tout d'un coup. » Je réponds : « J'ai réfléchi, t'as raison. Montréal, ça vaut p'us rien pour un ouvrier sans spécialité. » Mais j'avais mon idée, mon plan.

La vérité, ma pauvre vieille, c'est Léon qui la tenait quand y m'a dit : « Y se nomme Michel Garant, ton tueur. Y serait retourné chez lui, pour mieux se cacher. » – « Où ça, où ça ? » que j'y dis en tremblant. « Anse-à-Beaufils, y paraît ! » – « Mais c'est où ça, ce trou-là ? » – « En Gaspésie » qu'y me dit, le Léon.

En Gaspésie ! On partait le surlendemain. À matin, la maison était vide. Les meubles placés dans le garage du voisin. À soir, on décollait. Et Germaine est heureuse. Bibi, lui, y se rapproche du petit écœurant. Et c'est comme ça qu'on travaille quand on est pas payé par la municipalité comme tous ces fainéants de la police. Germaine est revenue de la brume, de sa petite promenade. A tousse.

– C'est méchant l'humidité. J'ai pas les bronches solides. On y va ?

On y va Germaine. Un dernier coup d'œil au ciel. Tout me semble écrit. Je me sens comme le Justicier, celui de la télévision, celui qui se défend, celui qui règle ses comptes comme un homme, debout, tout seul. C'est drôle. Y me semble qu'y faudrait que je prenne des notes, que tout est marqué d'avance. En haut. Je sais pas au juste. J'me sens comme un vieux bonhomme de l'histoire sainte. Que Dieu est à côté. Qu'y me regarde faire. Qu'y faudrait marquer une pierre, toutes les pierres de la route qu'on fera ! Saint-Sulpice, premier stop, première station.

En rentrant dans le char, Albert s'excite :

– Écoute ça le père, écoute ça, c'est le dernier hit. J'ai pas peur de le dire, c'est la meilleure toune que j'ai jamais entendue de ma vie.

– Tu dormais pas ?

– Écoute ça, écoute ça.

J'écoute pas. On repart.

Lavaltrie, ça dort partout. Enfin, je peux gazer un peu à Louiseville. J'ai fait remplir la tank. Full. Germaine prend en note le chiffre marqué sur la pompe. Bon comptable. J'enfile une petite bière en deux gorgées. Ça remonte.

Yamachiche. Le petit matin. Le laitier file à toute vapeur. Un vieux passe le balai devant sa porte. Y nous fait un petit salut. Ronald, réveillé depuis cinq minutes, lui tire la langue du fond du gorgoton. Albert le taloche. Y se tiraillent. Je me décide, deux, trois claques et y s'arrêtent. J'ai le bras dur. En arrière, les trois femmes bougent pas. Germaine s'est endormie. Janine, avec son petit doigt, sur les rayures de sa robe de coton ensuite, a compte les fleurs de la robe de sa mère. Murielle regarde dehors, le visage collé sur le cadre de la porte. Ses cheveux volent, ses cheveux rouges comme ceux de sa mère. Par terre, le grand chien jaune de Léon, sage et fainéant comme son maître.

Trois-Rivières, écrit gros comme le bras, à tous les cinq milles. Le soleil se lève à l'horizon, luisant comme de la fonte brûlante. J'ai mon idée, les p'tits vont jouir.

Un chien pour Jésus-Christ

C'est de la folie. Y sont fous comme des balais. Le soleil brille. Germaine prépare ses sandwiches, les boîtes de jambon Klik grandes ouvertes sur la table de pique-nique. Ça s'appelle Saint-Quentin. Tout en sable. Trois-Rivières, juste derrière l'île, se réveille. Les bruits de la ville montent. Tantôt, en la traversant, c'était la mort. Les petits se roulent dans le sable. La remorque est toute démanchée. Faudra tout remettre ça en ordre. Pour trouver les costumes de bain, ça été une vraie farce. Finalement, Murielle les a dénichés. Au fond, dans le dernier tiroir de la p'tite commode qu'on emporte là-bas.

Albert cogne sur son transistor. Ronald fait des culbutes. Janine, des pâtés, des châteaux. Murielle fait des efforts comiques pour se saucer dans l'eau du fleuve, pousse des cris de mort. Je peux pas croire que c'est bibi, ça, étendu dans le sable, les orteils à l'air. Maudite manufacture, tu me reverras jamais.

« Y n'y a qu'un Dieu qui règne dans les cieux. On dit qu'y en a deux ! » Y chantent. Germaine les fait chanter, y font des ronds dans le sable.

Janine vient près de ma carcasse étendue. A s'approche, et se laisse tomber, toute mouillée. J'la relève, au bout de mes bras. A rit comme une poupée mécanique crinquée. J'sens son petit cœur battre. J'voudrais pouvoir l'envoyer en l'air, la lancer comme un spoutnik, l'envoyer au ciel. Au ciel. Dans les nuages. A serait heureuse. A serait à sa place, avec les petits anges. A l'aurait pas à en arracher, à baver toute son existence.

L'innocence, ça me rend malade.

Murielle prend sa mère par le bras, a la mène vers les flots. Germaine refuse d'y entrer. Murielle tire dessus en riant. Je trouve ça beau de voir ces deux grandes rousses, ces deux grandes biches, mère et fille. Deux grandes filles, la vieille et la jeune qui jouent ensemble. On joue pas assez souvent. J'accroche Ronald d'une main. Le chien jaune nous suit en jappant. J'le mène au bord de l'eau. Le petit cul se débat. J'le trempe. Et me v'là mouillé jusqu'aux genoux. Ronald gigote comme une anguille sous mon bras, y glisse et tombe à l'eau la tête la première. Y se redresse, crache l'eau, y rit, dents cassées, yeux fermés devant le soleil, la face levée en l'air. J'enlève mon pantalon, le chien s'en empare et joue avec dans le sable. J'enlève ma chemise et je manque mon coup, la chemise tombe à l'eau. Je m'en sacre. Y arrivent tous en gang. Y m'entourent. On se donne la main. On tourne. La mère a son petit rire qui glousse. Pas entendu ça depuis le matin des noces !

Murielle est heureuse, elle qui aime tant rire. Albert, le grand, monte sur mes épaules. Y me renverse. J'en ai plein le dos, des petites pattes, des petits bras, ça m'empoigne de partout. Y vont m'étouffer. Je fais le mort. Je rentre sous l'eau. Germaine se met à crier. L'énervée ! Je fais le mort. Y me tirent. Albert me sort la tête en m'tirant par les cheveux à m'les arracher, le grand verrat.

–Y fait le mort, m'man. Voyons donc, y est pas tuable! Vous le savez b'en vous autres!

–Gilles, arrête tes folleries, arrête ça! Tu sais que j'ai pas le cœur fort. De grâce, Gilles!

Y m'ont traîné sur le sable, tous les cinq. Germaine me tirait une jambe. J'suis b'en. Y me regardent sourire. Y m'entourent. J'suis p'us qu'un poésson. Finies les responsabilités. Fini mon rôle de chef de famille. J'suis une p'tite morue. Je rampe. Y s'mettent à rire en chœur. J'aime entendre ça. J'ai chaud.

–Regardez, j'suis un phoque.

Et j'fais le phoque, j'fais la tortue, j'fais la baleine. Je retourne à l'eau, je crache l'eau en l'air. Y reviennent tous à l'eau. Tous fous-fous.

On mange comme des cochons. Y reste plus un seul sandwich. La petite bande part en expédition. Y veulent des épaves, des bouts de bois. Murielle dit qu'on peut en vendre là-bas, en Gaspésie, aux touristes. Esprit pratique, comme sa mère, déjà! Germaine s'installe sur une grande couverture de laine grise, un chapeau de paille sur le visage. Ses longs cheveux rouges étendus tout autour du chapeau. A baissé les bretelles de son costume de bain vert pomme. Y est percé et j'peux voir la peau d'un téton par le trou. V'là que mon pistolet se dresse. C'est fou ça. Je me lève de table, j'écrase le scountch de ma rouleuse et Jésus-Christ m'apparaît, le sourire aux lèvres, la barbe frisée!

–Vous faites bien la tortue, je vous observais tout à l'heure!

Y a un divin sourire. Ça doit être un peintre en vacances! Je cherche des yeux, voir si y se trouverait pas un chevalet de peintre dans les alentours.

– J'ai de l'admiration pour les hommes qui savent jouer.

Y m'offre un petit cigare. Toujours le sourire divin, les yeux doux : Jésus-Christ ! Comme su' les images des bonnes sœurs.

– Quatre enfants ?

– J'en avais cinq. Oui, quatre.

– Un de mort ?

– Une.

– Vous vous en ferez d'autres.

– Non.

Y me saisit le bras et me montre, de la main, tout le fleuve devant nous.

– Regardez-moi ça ! J'ai voyagé. Un peu partout. J'ai vu la Grèce, l'Espagne, j'ai vu Venise et Rome, Paris, Berlin, Londres. Je suis revenu à Trois-Rivières. Et je trouve que c'est le plus beau coin du monde. J'ai trente-cinq ans.

– On vous donne pas ça, je pensais que vous aviez pas vingt ans !

– Trente-cinq le mois prochain. Quand j'étais petit, je venais me baigner ici même. Je trouvais que c'était le paradis. Mon père n'avait pas le temps de nous y mener bien souvent. Mais chaque fois, c'était une fête. Une fête ! Vous comprenez ? C'est ça qui reste. C'est pour ça que je trouve ça si beau. On déracine pas des choses semblables. À dix-huit ans, j'ai craché sur le pays, j'ai obtenu une bourse et je suis parti pour les vieux pays. Pendant cinq ans, j'ai été tout feu, tout flamme. Je découvrais les images de mes livres de collège, de mes films préférés. Un monde organisé, de toute beauté.

Y tire sur son cigare et regarde toujours au large.

−Et puis, zing, ça m'a pris. Au ventre, là, au cœur, partout.

Y rit :

−Oui, oui, ça existe : le mal du pays ! Ça existe. Croyez-moi ! J'en dormais plus. Je suis revenu. Je repartirai jamais. Jamais !

Y s'met en marche et, le comique, y m'entraîne avec lui :

−Voyez-vous, les images des livres, ça passe vite. Les souvenirs de l'enfance, ça passe pas. Et quand ça vous remonte à la gorge, c'est terrible. Je vous parle sans vous connaître. Pourtant, il me semble que l'on se connaît nous deux. J'ai confiance.

Y me regarde dans les yeux, y a l'air d'une bonne bête :

−Un homme qui fait la tortue, qui fait la baleine, un homme qui fait rire ses enfants, il n'y a pas de danger, c'est un bon homme.

Y rit et jette son cigare.

−Vous avez une belle femme. Les cheveux. On dirait un Gauguin.

−Un quoi ?

−C'est un peintre. Il était commis de banque. À quarante ans, il plaque tout, il s'en va vivre dans les îles du Pacifique. Fou de peinture ! Adieu famille, situation.

−Vous êtes aussi un artiste ?

−Non, la peinture c'est trop difficile ! J'ai pas de talent. C'est mon malheur.

Y a les yeux sombres tout d'un coup, tristes. Y marche tout seul devant moi. Y parle tout haut. Je bouge pas.

−Il se posait des questions, le commis de banque, savez-vous ?

Il se retourne vers moi.

–Qui sommes-nous, monsieur?

Y revient de mon côté:

–Des questions bêtes, hein?

Y sourit de nouveau. Y a les cheveux dans le visage. Y laisse faire, ça le dérange pas. J'ai envie, de rire, j'sais pas trop pourquoi.

Y vient tout proche; haleine de cigare maudite:

–Oui, pas de talent. Je suis comme un caillou, inutile. Un végétal, une petite plante qui sert à personne, à rien. Oui, oui, une plante. Je m'efforce de ressembler à une plante. Je mange presque pas. Je fume un peu. De l'air, le reste du temps. De l'air. J'aime l'air.

Y baisse la tête et dit tout bas:

–Je suis malade.

Y me regarde, comme un chien battu:

–Très malade.

–Qu'est-ce que vous avez?

–Ça n'a pas de nom. On me soigne. On me soigne. Je sais, moi, que je guérirai pas. C'est en dedans. J'ai quelque chose à dire, à faire, je sais pas comment. J'ai pas d'outil. J'ai pas de moyens.

Y ouvre les mains, y m'les montre, l'air piteux:

–Inutiles, regardez ça. Blanches, inutiles. Des doigts de fille!

Et y rit un peu. Sec, court. C'est un fou, un poète?

–Je suis pas fou!

Y devine les pensées mon Jésus-Christ?

–Non, non, je suis pas fou. Ça c'est certain. Ils m'ont examiné. Ça a été long, compliqué. Ils savent pas. Ils me comprennent pas.

Y sourit toujours maintenant. Y rit de lui, on dirait.

– Où allez-vous m'sieur ?

– En Gaspésie.

– Beau pays. Beau pays. J'y vais souvent. Beau coin de pays.

– Sais pas. Ma vieille vient de là. On y retourne. On va voir ça.

– Venez de Montréal, je suppose ?

– Oui. Du bruit, de la fumée, des petites jobs éreintantes, pas payantes.

– Vous aimerez la Gaspésie, je peux vous le garantir.

J'aperçois les enfants qui reviennent au loin, les bras chargés.

– Écoutez, vous êtes chanceux, vous êtes en bonne santé, non ?

– Oui.

Ses mains tremblent un peu. Je sais pas trop ce qui lui prend.

– Vous avez une belle femme, une femme forte, en santé, non ?

– On est en bonne santé tous les deux, oui. Manquerait p'us qu'ça.

– Vous avez de beaux enfants, cinq beaux enfants, non ?

– Quatre.

– Quatre, je veux dire.

Y m'sourit et y tremble toujours. Y me regarde au fond des yeux comme une bête traquée, j'sais pas ce qu'il a !

– Vous aurez pitié de moi, vous, vous qui savez jouer, faire la tortue et faire le phoque dans l'eau. Je vous ai vu, vous étiez beau à voir.

– Qu'est-ce que vous voulez ? J'ai pas d'argent. On est pas riche.

– Je veux pas d'argent, j'ai pas besoin d'argent, mais vous êtes plus riche que moi. Je voudrais avoir votre chien, votre grand chien là-bas.

– Ah !

– J'ai personne. Vous avez pas besoin du chien. Vous êtes assez nombreux comme ça. Il va vous embarrasser en voyage. Donnez-le-moi, s'il vous plaît.

J'en reviens pas. Y sourit toujours et y m'supplie des yeux. Un vrai Jésus-Christ en souffrance. Faut que j'y réponde :

– Bah, faudra demander ça à ma grande. C'est à elle, Murielle, la rougette là-bas.

Y se retourne d'un coup sec et y s'en va vers eux. Y agite les bras pour les saluer. Y ouvre les bras pour les accueillir, comme s'y les connaissait depuis longtemps.

La petite troupe s'arrête. Y en reviennent pas. C'est le catéchisme en images, ce zouave avec son pantalon bouffant en velours jaune, sa grande chemise noire qui flotte au vent par-dessus ses culottes de velours.

Albert se décide et va vers lui, le visage en point d'interrogation. Les petits suivent le grand à distance, prudents. J'ris dans mon coin.

Quel butin ! Des squelettes de poisson, des branches tordues, des bouts de bois plates et lisses, des cailloux brillants. Jésus-Christ examine tout ça, fait un triage, explique :

– C'est merveilleux, les jeunes, vous êtes des vrais chercheurs. Regardez, c'est du quartz, ça c'est du mica. Qui a trouvé ce bout de bois ? C'est toi, la puce ?

–C'est moé!

Murielle le dévisage sérieusement.

–C'est une belle pièce. Je te l'achète. Combien?

–J'sais pas.

A me regarde, pouffe de rire, timide:

–Sais pas. Ça vaut-y cher?

–Fais ton prix, fais ton prix.

Et il met la main dans sa poche.

–Tiens, je t'en donne... toute ma fortune.

–Non, non.

Y la force à prendre son petit change. Une bonne poignée de cennes noires, un peu de blanches.

–Ça vaut ça. Ça vaut ça.

Je le vois venir. Y est pas fou. Y veut son chien. Y va peut-être l'avoir.

–Les enfants, connaissez-vous la légende des trois rivières?

Y a pris Ronald dans ses bras. Le p'tit devient raide comme une barre. C'est à cause de la barbe. Janine, moins farouche, lui donne la main. Y vont tous s'asseoir un peu plus loin. Je le regarde gesticuler. Y montre le fleuve. Y montre du côté des rivières. Y a les mains agiles comme des mouettes, les bras en l'air. Les enfants ont la bouche ouverte. Albert, le grand, fait semblant de ne pas écouter. À quatorze ans, on est pas bon pour les niaiseries d'enfants d'école. Y fait l'homme, mais y manque pas un mot. Murielle l'écoute sans le regarder, le visage tourné vers le fleuve. Rêveuse comme sa mère!

Ma Germaine s'étire, bâille. Se redresse.

–Gilles! Qui c'est ça, là, avec les enfants?

–J'sais pas. Je l'ai vu sortir de l'eau. Sec, pas une goutte d'eau. Y a fait un geste de passe-passe et les enfants sont tombés sur le cul, tous ensemble, d'un coup sec. Là, y leur fait des miracles, de la magie, j'sais pas trop Germaine, une apparition ma foi!

–Qui c'est ça?

–Je te le dis, un saint, un moine en civil, un apôtre, sa mère! Le Christ!

Est debout, la mère, les cheveux au vent comme un drapeau rouge, une sentinelle, la mère poule, l'énervée, la sauvage! Toujours inquiète pour ses petits poussins.

–Énerve-toé donc pas. Y les mangera pas. Ça m'a l'air d'un poète. Y dit qu'y est malade, y est en repos je suppose. Y prend l'air.

–J'aime pas qu'ils parlent aux étrangers. J'aime pas ça, tu l'sais.

–Tu aurais dû surveiller Rolande aussi! Tu aurais dû la couver, elle aussi! Aujourd'hui, a serait pas morte dans son sang, enterrée, a serait là, avec tous nous autres!

A verse des larmes. C'est automatique. Chaque fois, c'est pareil. Je devrais peut-être pas. J'serais-t-y méchant? Pourquoi? Je la tiens responsable de ce qui est arrivé. A le sent. A pleure.

–Pleure pas. Y va te prendre pour une folle. Pleure pas.

A renifle.

–Tu sais pourtant que ça s'est passé pendant que j'étais à l'hôpital pour la fausse couche. C'est de ta faute. Tu m'as trop fait prendre de tes maudites pilules du gros docteur Godon. C'est de ta faute, tu veux toujours tout me mettre su'l'dos, Gilles.

Le barbu a fini son histoire. Janine l'embrasse sur la joue pour le remercier. Ronald part lui ramasser des roches chanceuses brillantes. Et mon grand foin d'Albert joue dans le sable mouillé comme un bébé! Le barbu a retenu Murielle par la main.

–Ça y est, y doit faire sa demande!

–Qu'est-ce que tu dis là? Es-tu devenu fou Gilles?

–J'te dis qu'y fait sa demande. Tu vas voir, Germaine.

–Gilles, va chercher la petite, qu'y y lâche la main, ça va faire!

Je ris. « Y va l'avoir. Je suis certain qu'y va l'avoir. »

–Gilles, si tu y vas pas, tu vas voir ça, j'vas aller te la chercher par la peau du cou.

–Ça y est, regarde, y l'a eue!

Y se lèvent ensemble. Murielle lui sourit. Y lui a embrassé la main, comme les hommes font dans les vues françaises.

Germaine a les yeux grands ouverts. Murielle va à elle:

–J'lui donne le chien, m'man. Y a personne dans vie. Y est tout seul, lui!

–Y l'a eue! Je te l'ai dit, Germaine.

Jésus-Christ s'en va, le grand chien jaune dans ses bras, comme si c'était une brebis. Y nous a salués cinquante-six fois, heureux comme un roi. Murielle est contente, fière d'elle. Germaine, qui aime pas trop les chiens, est pas fâchée de s'en voir débarrassée. Léon, mon vieux Léon, ton chien va servir à quelque chose!

–Bon, en route, les petits morveux!

–Gilles!

–En route, les petits baveux!

–Gilles!

–Qu'est-ce qu'y a Germaine!

–Parle comme du monde.

Je m'approche d'elle et j'mets mon doigt dans le petit trou de son costume vert pomme :

— Si c'était pas de ces petits morveux, je t'aurais brassée une bonne heure de temps, sur la couverte de laine, ma grande carotte !

— Excité ! Venez mes amours, venez mes trésors. On a du chemin à faire encore.

Y se font tirer l'oreille. Ça boude, ça chiale. Ça se déshabille à contrecœur. Germaine les encourage :

— Vous allez voir ça, Québec, c'est une belle ville. Y y a un zou d'animaux. Des animaux de toutes sortes. Braillez pas.

Albert regarde Murielle qui enlève son costume mouillé. Y la voit par la porte qui ferme mal. Ronald s'approche par derrière et ouvre la porte toute grande. Murielle pousse un cri de mort, flambant nue. Germaine s'amène et les démolit tous les deux à grands coups de tapes dans le visage. Pis a se poste devant la porte de la cabine, sentinelle vert pomme !

Si Léon avait vu Murielle comme je l'ai vue, c'était la syncope ! Batèche que ça pousse vite les petites filles, j'en reviens pas. Juste quatorze ans et c'est déjà femme, tous les attirails déjà !

On va coucher chez Zotique, le frère à ma Germaine. On est pas rendus, Rivière-Ouelle, c'est passé Saint-Jean-Port-Joli, de l'autre bord du fleuve. Et l'autre qui leur promet le zou, les calèches, le bassin de marsouins, les chutes Montmorency, Sainte-Anne-de-Beaupré, le christorama et j'sais p'us quoi encore pour les faire dépêcher ! On sortira jamais de Québec avant deux semaines, tabarnac ! Bon, j'ai p'us de tabac.

— Dépêchez-vous, dépêchez-vous. Faut que je m'achète du tabac.

−Fume pas trop, le père. On est pas millionnaire!

Germaine sort de la cabine en me disant ça, sa robe fleurie sur le dos. Robe qui la corse pas mal serrée. Surveille ton pistolet, Ti-Gilles Bédard! T'as les idées à peau depuis que'que temps!

−Qu'est-ce que t'as, tu me regardes drôlement?

−J'ai rien. Un petit chatouillement. Ça va passer, Germaine!

Tout en pliant les couvertures, a m'dit dans l'oreille:

−Reste tranquille. Chez Zotique, on pourra peut-être.

−Ah! la mère aux prunes, ça te chatouille aussi, hein?

La soupe entre chien et loup

Y aura donc toujours des chiens sur la terre du bon Dieu. Ronald est un petit torrieu, y réussit toujours à en attirer un. On peut pas compter combien de fois y en a ramené un à la maison. Un jour, ça été un petit noir, pitou, y est mort mystérieusement. Ronald a pas mangé pendant dix jours. Et puis, y a trouvé un gros baquais sale, taché à mort. Y l'appelait « le fantôme ». Un matin, y est mort gelé dans la cour de la rue Drolet. On avait oublié de le rentrer. Y faisait trente en dessous ! Le v'là avec un petit toutou poilu jusque dans les yeux.

–P'pa, j'sais que tu voudras pas l'embarquer pour la Gaspésie, j'sais ça. M'man aime pas le diable les animaux, a peur de toute, même des 'tits chiens mais, p'pa, on pourrait peut-être l'installer dans la remorque, en arrière du bazou !

On a passé l'après-midi à regarder les animaux de Charlesbourg, en haut de Québec. Albert est déçu. Y s'est laissé traîner de cage en cage. Le paon qui ouvrait la queue plus grande que sa cage, ça l'a laissé froid. Les lions trop maigres, aussi. Les ours puants, aussi. Le vieux loup maigre dormait, le petit éléphant qui s'arrosait, écœuré, impatient, tournant en rond sous la chaleur terrible de ce vingt-quatre juin, y avait rien pour l'intéresser.

–Ça n'a pas l'air de te faire plaisir cette visite-là, Albert?

Germaine aussi remarque qu'y a l'air de s'ennuyer.

–Y aurait pas moyen, y aurait pas moyen de faire un zou sans maudites cages. J'trouve ça laid, j'trouve ça plate ces carreaux, ces petits racoins, ce maudit ciment pour les bêtes fauves, ces grillages, ces bouts de clôture partout... ces écriteaux. J'sais pas. C'est pas normal, ça, p'pa!

–Pauvre 'tit gars, ça serait pas un jardin zoologique. Tu voudrais visiter la jungle, pauvre p'tit gars, tu veux la forêt pour vrai?

–Oui, j'aimerais, oh oui! Ça serait parfait. J'en rêve souvent. J'ai un uniforme de l'armée, une jeep, quatre roues qui tirent, vroom! Avec un bon fusil, une carabine à mire, j'tire sur les visiteurs, les touristes, les chasseurs. Les animaux ont la paix, le père, y ont la paix, la sainte paix. On les dérange pas. Je veille là-dessus. J'sus un tarzan moderne, dynamique!

La petite Janine, qui agace les serpents avec une branche fine, éclate de rire:

–Y s'prend pour Robin-des-bois, le grand tata.

Albert lui arrache la branche, la casse en deux. Chialage encore.

–C'est pour faire un feu, braille pas la puce!

Et y fait son feu. La mère ouvre des boîtes de soupe Campbell aux légumes. Y en raffolent tous. Quand y étaient malades, c'était le plat, servi au lit. Chaque fois qu'y en a un qui voit une étiquette de soupe aux légumes Campbell, y a envie de tomber malade. Rien que pour le lit, l'oreiller derrière les reins, le bol de soupe fumante, les tranches de pain Weston beurrées en masse. Le visage de la mère. Le visage inquiet, pour eux, rien que pour eux.

–Ouvre les canistres, Gilles.

J'ouvre les canistres. Y en tirent la langue. On entend rugir au loin, des oiseaux chantent, les arbres, belle petite forêt. Faut se dépêcher, on arrivera jamais à Rivière-Ouelle, chez le beau-frère.

Murielle s'amène. A s'est laissé suivre par un grand étudiant, partout. Y lui parlait à distance d'abord, c'était comique. Y s'est rapproché petit à petit. Y a une figure ronde, joufflue, l'air en santé!

La v'là avec son grand suiveux :

–Vous avez manqué les singes? C'était beau!

–C'est ce qu'y a de plus drôle, monsieur.

–P'pa, y s'appelle Jean-Marc. Jean-Marc comment déjà?

–O'Neil, m'sieur.

Y offre la main. Le genre sérieux. Un Anglais, ma foi! Je les aime pas.

–Comment ça se fait que tu parles français, le jeune?

Y sourit :

–Mais… on est des Canadiens français, m'sieur.

–Ton nom?

–Vieille histoire. Ça fait des générations qu'on trouve des O'Neil à Québec. Vous en trouverez un bon paquet dans l'annuaire du téléphone.

Ça me rassure. Ma Murielle avec un bloke, ça serait le bout du monde. On a pas élevé nos chiots en français pour les voir switcher avec des maudits blokes, batèche!

Murielle lui donne la main, monte sur la table, saute le banc, redescend, monte. Tous deux rient. Lui, y la suit comme le petit chien suit Ronald partout. Monte pis redescend! C'est-y assez fous ces jeunes-là? Faut tout le temps que ça grouille. Qu'est-ce qu'y ont dans les pattes?

Albert se tue pour faire durer le feu. Faut pas que je l'aide. Faire un feu, c'est son paradis. Y est tout fier. Y court partout, ramasse des branches, pique des papiers dans les paniers accrochés aux arbres. Vaillant, vaillant. À l'école, pourri, zéro. Y fait, pour la deuxième fois, sa cinquième année! Les écoles de la Gaspésie sont peut-être moins raides!

Janine est là-bas, plantée devant la cage du loup. Faudrait, oui, j'oublie toujours, faudrait que je m'achète un autre opener, j'ai les mains en sang, batèche. Y est pourri, c'te vieux-là, tout écorché. L'Albert s'en servait pour mille jobs. Les deux canistres sont ouvertes et Germaine verse la soupe dans la gamelle de fer-blanc au manche cassé. La p'tite bouge pas, a regarde le loup, comme hypnotisée:

–Le trouves-tu beau, Janine?

–Non.

–T'aimes ça, le regarder?

–Non. Mais j'me demande, p'pa, regarde comme y file doux, regarde les yeux, p'tits, tristes... j'me demande si c'est le loup du petit chaperon rouge. Y a trop l'air bête, ça doit être lui qui l'a mangé, le petit chaperon rouge.

–Viens, on va faire jaser les perroquets.

Quand est grimpée sur mes épaules, c'est du délire. A tremble, a chante, a crie. Ça gigote sans bon sens.

–Excite-toi pas trop, la puce, j'vas t'échapper.

–Comment ça se fait, p'pa, que ça peut parler les perroquets ? Y peuvent-y écrire aussi ? Sont-y allés à l'école ces oiseaux-là ? Je comprends pas ça, p'pa !

Un zou c'est la place pour se faire fourrer. Les questions les plus vicieuses m'arrivent depuis qu'on est là-dedans. Votre père est un ignorant, les enfants ! Un ignorant. Même pas fini sa sixième année ! Je voudrais, je voudrais tant pouvoir répondre à toutes les questions. Savoir expliquer les mystères de la nature. Ça m'a fait une grosse humiliation, toutes ces questions : « Regarde donc le drôle d'arbre ! » – « Quelle sorte, p'pa ? » – « As-tu vu ça, c'est-y des sortes de cactus, ça p'pa ? » – « C'est pas un vrai cochon c'bête-là, hein p'pa ? » – « Quelle différence, p'pa, un aigle pis un faucon ? » Je collais sur les écriteaux en grande, pour pas avoir l'air trop cave !

Murielle vient marcher pas loin avec son étudiant Jean-Marc.

–P'pa, sais-tu ce qu'y me demande ?

–Non, je le sais pas, mais tu vas me le dire.

Y rient, se regardent, rougissent.

–Y voudrait manger avec nous autres.

–Ah, j'sais pas si on aurait assez… On est pas millionnaire.

–M'man veut, elle.

–Bon.

Batèche, pourquoi pas un enfant de plus, on pourrait peut-être le traîner en Gaspésie. Les chiens aussi. On pourrait embarquer une vache ou deux pour le lait, sur les meubles de la remorque. Viarge, allez-y, embarquez donc tout ce que vous trouverez en chemin, l'arche de Noé numéro deux ! Y a pas de gêne. On mangera de l'air. Lui, le O'Neil, y pourra faire des enfants à ma grande. Comme ça, on se sentira en santé. Calvaire de Calvaire !

–P'pa, tu veux pas, t'as l'air fâché.

–Non, non.

–M'sieur Bédard, voulez-vous les voir les singes ? C'est effrayant comme y nous ressemblent. C'est plein, c'est dans la bâtisse là-bas. J'en reviens jamais des airs intelligents des singes. C'est des humains, c'est des humains m'sieur Bédard. Presque !

–Es-tu catholique, le jeune ?

–Oui, à gros grains.

–Bon, b'en dis donc pas de niaiseries. Un singe, c'est un singe. Ça a rien d'un humain, ça a pas d'âme !

–Je viens les voir depuis deux semaines. Pas croyable. Venez donc. Pis vous me direz si ça vous fera pas réfléchir. On descend peut-être des singes. Je dis peut-être, m'sieur Bédard.

–Mon père est vieux jeu. Y croit rien des nouvelles sciences du progrès. Fais-le pas fâcher.

Murielle lui sourit et l'entraîne encore dans une série de sautages de clôtures, jambettes, rires, deux petits fous. Soudain, y la retient, et, j'le vois de mon coin, la colle sur lui. A se laisse faire comme de bien entendu, déjà femelle, la p'tite peste. A veut finir comme l'autre, torrieu ! Après, ça se ramasse au cimetière, en sang ! Non, y a pas grand danger, y m'a l'air d'un bon petit gars.

Ça gigote au-dessus de ma tête :

–P'pa, on va manquer la soupe, retourne, laisse faire les singes.

Ronald arrive tout essoufflé avec son petit chien fou :

–Venez vite, m'man crie après vous autres depuis t'à l'heure.

–On y va.

Je les vois plus, ces deux petits marsouins. Où est-ce qu'ils sont passés, pour l'amour du Christ! Tiens, derrière cette cabane à outils, en train de s'embrasser ma foi du bon Dieu, en plein ça, sur la bouche. A m'a vu. Fioup! Ça décolle vite. A me l'ramène en le tirant. La petite démone! Le v'là rouge comme un coq. C'est jeune pour avoir des coups de sang. Où c'est qu'on s'en va si les jeunes se mettent en train à quinze ans à cet'heure.

–Arrivez, Seigneur, arrivez. La soupe va être gelée.

On s'installe.

–Ça fait longtemps que j'ai pas mangé en famille, je veux dire dans une famille. Mes parents, y sont loin, je viens de Saint-Félicien, en haut de Roberval. Oui, je suis un esquimau du Lac-Saint-Jean!

Murielle lui sourit, les yeux pâmés, dans l'eau. La petite venimeuse!

À Québec, on vit dans une petite chambre. Le pensionnaire, c'est un prisonnier des frères, des étudiants, des prêtres, des frères, des frères! Une vraie prison! Y manque rien que les barreaux, on a les cellules.

–Les études, c'est fini. Tu vas remonter chez vous?

–Non, j'ai pas le temps. Faut que je trouve du travail. On est pauvres nous autres, là-haut. Là, y a les singes qui me dérangent en grand, mais ma crise va passer puis je vais me chercher une place quelque part. Le faut. Je voudrais pas retourner dans le bois, comme l'année passée, à surveiller les feux de forêts, c'est plate à mort! Et puis, pas le diable payant.

–Je passe pas pour un génie mais y me semble que tu devrais essayer de travailler pour le zou, non? Tu pourrais laver, soigner les singes si tu les aimes tant que ça, leur peigner le poil!

Les enfants éclatent de rire. Sauf Murielle qui regarde son Roméo, sérieuse comme un pape. Lui, y me regarde, l'air sérieux :

–J'ai essayé. J'en ai parlé. Y ont plus besoin de personne. J'ai dix-huit ans, faut vingt et un ans pour travailler au zou. C'est niaiseux, non ? Ça c'est le contraire du bon sens. Quand un gars aime une chose, y devrait pouvoir travailler là-dedans, dans ce qu'il aime, ça serait toujours, partout, du bon travail ! Pas vrai ?

Y me sourit. J'le trouve pas trop bête. J'pense à ces ouvrages de fous que j'fais depuis tant d'années.

–C'est justement pour ça qu'on déménage, nous autres, jeune homme.

Germaine lui sourit, toute fière, en échappant un peu de soupe sur sa belle robe fleurie. J'veux l'essuyer, je reçois une claque sur les doigts et un regard de fer. Pas moyen d'y toucher devant les petits, pauvre scrupuleuse de Germaine !

–Votre fille m'a dit que vous vous en allez vous installer en Gaspésie ? J'aime autant vous le dire, c'est la mort, y paraît. J'ai des chums au pensionnat qui m'en parlaient. C'est de la crotte. Y a rien à faire. Y a pas d'ouvrage. Les gens crèvent. Pas d'emploi pour personne. Y vivent sur les allocations du gouvernement. C'est le chômage perpétuel. Pire qu'à Québec ! Les plans du gouvernement c'est de la fumée en cas d'élections. Y se passe rien.

Sur ces bonnes paroles d'encouragement, Germaine lui offre un sandwich au baloney en tremblant un peu. Je le remarque.

–Écoute, le jeune, c'est un grand pays, la Gaspésie, pas vrai ? Faut savoir se débrouiller. Tu connais pas Gilles Bédard, tu sais pas qui je suis? Tu vois ces deux mains-là, y a rien qu'elles savent pas faire. Je peux réparer n'importe quel char, n'importe quel truck, je pourrais démonter pis remonter un spoutnik. Le temps de l'examiner dix minutes. J'ai la bosse de la mécanique. J'ai pas une grosse instruction, mais j'ai la bosse de la mécanique, peux-tu comprendre ça, le jeune?

– Oui, m'sieur. Le frère qui enseigne les sciences, y répète toujours que sa matière s'enseigne pas, que c'est pas une question d'instruction, mais une question d'intelligence. D'intelligence.

Murielle me jette un look, fière de son don juan.

– Mais si y en a pas de chars, de trucks, de tracteurs, si c'est un pays pauvre bourré de pauvres, vous pourrez pas travailler la mécanique. Qu'est-ce que vous ferez?

– Écoute donc, le jeune, t'imagines-tu que je suis un homme fini, un cave? J'ai toujours su me débrouiller. Hein, sa mère, avez-vous déjà manqué de quelque chose, de manger, de linge à vous mettre sur le dos?

Germaine baisse la tête et fait signe que non.

– Mon Gilles, c'est un cœur en or.

Y a un silence embarrassant en diable. Murielle me regarde, les yeux brillants.

– Où est Albert? Y mange pas? Faut s'en aller tantôt.

– On l'a cherché partout, Gilles, partout.

– Celui-là!

– J'y vais m'sieur Bédard, Murielle et bibi on va vous le trouver.

Germaine sirote son cream soda. Ses yeux sont sombres, brun noirci.

Tout est paré. On est prêts à continuer. Ronald installe le chien dans un tas de linges dans la remorque. Janine frotte les lumières du tacot, c'est son plus grand plaisir. Murielle et son Jean-Marc ne reviennent pas. Albert est là depuis longtemps. Y était allé se coucher dans le char. Pendant que je gueulais après lui, y ronflait à deux pieds. Les petits aussi vont dormir. Cette nuit blanche à se faire bardasser sur la route, la baignade à Trois-Rivières, le grand air. Ça va être tranquille en grand.

–Vas-y, y reviendront jamais, va les chercher, Gilles !

–J'aime mieux pas. J'ai peur de la démolir, ça fait une demi-heure qu'on niaise autour du bazou. Vas-y sa mère, t'es plus calme.

–J'ai peur.

–De quoi ?

–Des animaux.

–Es-tu sérieuse ?

–J'sais pas, le soir comme ça, y a plus grand monde, y me semble qu'ils pourraient lâcher les bêtes un peu, pour les faire délasser. C'est fou, hein ? J'aurais peur de me trouver seule au milieu des allées, des cages.

–Bon, Albert !

–Chut ! Écoutez ça, vous autres, écoutez ça, ça a l'air de rien, mais ce chanteur-là y a pas seize ans et déjà y fait fureur aux États-Unis.

–Va chercher ta sœur, ça presse. Amène ta maudite musique de fou.

Y se décide, de son pas de tortue. Le fainéant. Y aime mieux se priver de manger pour pouvoir dormir en paix.

–C'est l'âge. Pour la mangeaille, pas besoin de t'en faire. Viens voir, y s'est servi dans mes réserves !

Germaine raccommode la petite culotte rouge de Janine. La petite grimpeuse est toujours nu-fesses, toujours grimpée, toujours accrochée. Ronald attelle sa petite voiture jaune à son chien. Y a pas eu moyen de l'entreposer, sa petite voiture. Il y tenait. Y est heureux, rassuré parce qu'il a sa voiture dans les bagages. On pourrait l'amener jusqu'au fin fond des États-Unis, en Chine, pourvu qu'y traîne sa petite voiture de fer peinturée jaune. Y dit que c'est sa fusée, sa maison, son cheval, son char de course. C'est sa vie.

– Germaine, batèche, qu'est-ce qu'y font? On sait pas qui c'est ce petit gars-là, peut-être un maniaque sexuel!

– Tu vois des maniaques sexuels partout!

– Y en a que t'as pas vu à temps, Germaine.

Les larmes se mettent à couler. Naturellement, c'est automatique. A renifle. Je regrette de la faire chialer tout le temps.

– J'y vas.

En marchant dans l'allée centrale, j'ouvre mon portefeuille et je lis: « Michel Garant, Anse-à-Beaufils ». J'espère qu'y en a pas deux Michel Garant. C'est le nom que Léon m'a donné. Mon vieux Léon, c'est un nom que je vas barrer sur la liste des vivants. J'serais allé jusqu'au Mexique pour le pincer. Y achève de se cacher, de vivre tranquille dans sa famille, pendant que ma Rolande se dessèche au cimetière de l'Est.

– Ou! Ou! P'pa!

Y s'amènent en courant comme deux petits inconscients, la bouche fendue jusqu'aux oreilles, heureux comme des rois.

– On le retrouve pas nulle part, m'sieur, votre fils Albert!

– On a cherché partout, p'pa!

– Partout, hein!

– On est même allés dans la grande bâtisse aux singes.

– Ça fait presqu'une heure qu'on t'attend ma petite. Albert dormait dans le char.

– Ah!

– Ah!

Je l'accroche par le bras et je la mène devant. Le jeune soupirant nous suit comme y peut.

– Monsieur Bédard, on a discuté Murielle et moi. Pour la Gaspésie, c'est peut-être pas si pire que les gars l'ont dit, vous savez.

– 'Coute donc, mon jeune, tu vas me dire quoi faire et où aller à cet'heure!

– Non, mais pourquoi que vous essayez pas de vous installer à Québec, ici. Y a du monde, y a de l'ouvrage, ça va de pair!

– Des places où y a du monde, où y a de l'ouvrage, je connais ça. On sort pas du Lac-Saint-Jean, mon petit bonhomme. Montréal, tu peux pas trouver plus grand, pis tu peux pas trouver une place où y a tant de chômeurs! C'est-y clair ça? Es-tu allé à l'école assez longtemps pour comprendre ça? Ça fait que tu vas laisser faire pour Québec, okay?

Y sourit, pas fâché une miette. Drôle de p'tit gars, vrai!

– J'aurais pu revoir Murielle.

Là, je m'arrête net. Murielle le regarde tout sourire, les yeux vifs.

– On se reverra. On s'écrira, Jean-Marc.

– C'est ça, vous vous écrirez.

–Écoutez, m'sieur Bédard, si jamais vous aviez une petite place… Vous savez, les singes, on se tanne, j'en reviens.

Y sourit. J'ai jamais vu tant d'innocence. Ma parole, y sont déjà en amour ces p'tits culs-là !

–'Coute donc, y a pas de promesse de mariage toujours, entre vous deux ?

–Vous autres, les vieux, aussitôt que vous voyez un homme avec une femme, faut que ça finisse en mariage, c'est tordant !

Un homme avec une femme ! J'en reviens pas. Je dis rien. C'est-y ma fille ? Je la reconnais pas toujours. On pense que ça pense pas des enfants. Ça pense. Ça vit, ça pense, ça a des idées. Misère ! C'est ma p'tite, c'te grande biche-là, avec ses longs cheveux rouges étendus sur les épaules, ses bras nus dans sa robe-soleil. C'est ses yeux, ces yeux-là qui regardent un garçon avec une grande attention, comme pour une dévotion ? Oui, comme pour une dévotion pieuse ! Misère ! Que la vie te bardasse, mon Gilles. Et ce petit baveux qui me dévisage avec son air fendant.

–J'ai dit à Murielle comme elle était chanceuse. J'aurais aimé ça avoir un père comme vous. Un gars, plus vieux, qui décide, qui se charge des responsabilités. J'aurais vieilli moins vite si le père avait pas décédé quand j'avais cinq ans. Pas vrai ?

Après tout, y est peut-être pas si fendant. On se remet en marche. C'est effrayant. Je le trouve intéressant ce petit gars-là. On pourrait jaser ensemble en voyage, ce serait bon pour Albert. Y apprendrait à se mettre des idées dans tête. On est bête. J'suis un grand bêta. Tout le monde m'intéresse. À la taverne, on rit du fou Bédard parce qu'y entreprend des conversations avec tout le monde. J'aime ça, le monde. J'ai trop confiance au monde. J'ai trop besoin de parler, de jaser sur n'importe quoi, c'est mon malheur, je m'intéresse à toutes sortes d'affaires. C'est mon malheur. Je me méfie pas. J'm'suis fait pocher souvent, un deux par 'citte, un deux par là, par des plus pauvres, des gueux toujours en peine. J'pense que je prêtais un deux, un cinq, parce qu'y savaient parler. J'aime entendre parler, j'aime brasser des idées. Quelle perte de temps. J'me suis pas assez méfié.

Nous voilà tous installés dans le char. Murielle est triste. Son Jean-Marc fait le zélé. Y me dit: «Vous avez un pneu mou en arrière, à droite.» J'sors pour vérifier. Le temps de les laisser noter leurs adresses. Murielle écrit ça sur son calepin d'autographes, à côté des signatures des acteurs de Montréal et des chanteurs populaires.

—P'pa, quelle adresse je vais lui donner?

Je regarde Germaine. On n'a p'us d'adresse, on n'a p'us de place, on est des bohémiens, des romanichels, des vagabonds. Oui, des vagabonds!

—Donne-lui l'adresse de ton oncle Zotique Racicot à Rivière-Ouelle. Une fois installés en Gaspésie, y saura faire suivre ça! On est pas rendus à Rivière-Ouelle! En route, en route.

Si c'est pénible de les voir se torturer du regard. Comique. J'en avais assez. Je pèse sur le gaz et la petite aiguille me montre 50. C'est beaucoup pour un petit bazou asthmatique. La remorque bourrée en a des soubresauts, comme les hoquets d'un ivrogne qu'on entraînerait à full speed.

On traverse Québec. La Grande Allée. On a pas pu aller voir le gros aquarium aux marsouins, on s'est dit qu'y aurait fallu payer et faut sauver nos piastres si on veut tenir le coup. Faut pas prendre de chance dans des cas comme ça. On a l'expérience. Se faire revirer c'est jamais drôle pour les petits. Pas de chance à prendre. Et l'humiliation, c'est l'humiliation. Y a pas plus fier qu'un pauvre, tout le monde sait ça, j'le sais le premier.

On a pris le temps d'aller faire not' p'tit tour sur les vieux remparts. Janine et Ronald ont posé devant la petite baby-brownie d'Albert. Pour un seul portrait, faut poser quasiment vingt minutes. Y finit pas de mesurer, de se déplacer, de faire des effets comme y dit : d'éclairage. Sur le fleuve, les bateaux traversiers allumaient leurs petites lueurs. Tout en bas, on entendait un joueur de clairon. Le chien s'est mis à japper. Un gros touriste a prêté ses longues-vues de luxe à ma Murielle et puis, par politesse, à ma Germaine. La grande joie des kids, ça a été le passage d'un gros paquebot venant du bout du fleuve, du haut du golfe, de l'autre bord, de l'Atlantique, des vieux pays, avec plein de monde aux balustrades. Y filait, p'tit train, p'tit train, vers Montréal.

Albert écoute les nouvelles du sport, mais la petite Janine chiale pour écouter le chapelet à un autre poste. Depuis qu'une voisine l'a charriée chez le cardinal, cet hiver, pour réciter le chapelet à la radio, a veut toujours pincer son programme. Rien que pour entendre la voix de celui-là qu'elle appelle mon-oncle-cardinal depuis qu'y lui a fait des risettes, qu'y lui a parlé, qu'y lui a offert un joujou à elle comme aux autres petits morveux que la Société des œuvres Mont-Royal a charroyés chez lui, son éminence, le cardinal.

Germaine sort sa brosse à cheveux. A fini le reprisage de la petite culotte rouge. Ce sera pour la prochaine fois, pour la prochaine grimperie de clôture. V'là le pont de Québec. On traverse pour Lévis, pis Lauzon, pis le reste du voyage. Murielle rêve, les yeux dans le vague. J'ai les deux filles en avant ce coup-là. Albert et Ronald se tiraillaient en arrière. Albert n'écoute plus le sport, j'en profite pour mettre la radio sur le chapelet. P'tite bonne femme, va! Ses deux nattes de cheveux blonds dans le dos, ses fossettes, ses yeux noisette. Je m'attendris, je m'attendris, ça doit être ça vieillir!

Regardez, en bas, sur le fleuve, c'est le même bateau, celui des remparts, on l'a rejoint!

Une crèche à Rivière-Ouelle

Le monde est donc rempli de villages. On oublie ça, le monde de Montmagny, L'Islet, Saint-Jean-Port-Joli. Encore du gaz! Y reste deux places: à Saint-Roch-des-Aulnaies, achat de cream soda, achat de bière pour bibi, j'trouverai bien un garage, bière et garage ça va de pair, c'est notre truc, les routiers savent ça, et pis Sainte-Anne-de-la-Pocatière et le dodo en règle chez Zotique, le frère à Germaine, à Rivière-Ouelle.

On dirait que chacun doit se décharger le cœur. Jusqu'à Montmagny, ça a été le tour de Murielle, des jérémiades à plus finir:

– C'est sûr ça, on me demande pas ce que je pense. Qu'est-ce que je compte dans maisonnée? Pour rien, une peanut. J'avais des amies, j'avais des amies à moé. On s'en fiche pas mal. Mes jeux, c'est la même chose, dans le garage! Ceux de Janine, par exemple, on les a apportés. J'ai toujours été traitée comme un chien. Toujours les plus jeunes qui passent avant. Y a pas de justice, un chien, de l'air!

– Murielle, t'es assez grande pour te passer de jouer pendant une semaine. On les fera venir plus tard, tes satanés jeux.

– C'est ça. Remettre toujours à plus tard. J'ai jamais vu ça une famille de fous comme ça. Faut toujours attendre, attendre. J'suis tannée, tannée, à bout. C'est comme de partir en pleine nuit, c'est pas fin fin. Mes amies doivent se demander ce qui se passe. On est pas des bandits, après tout. On vient écœuré de faire toujours autrement des autres. On vient écœuré, j'vous l'dis!

Ça finissait pas. J'ai eu envie de m'étirer le bras, ça aurait parti d'une shot, paf! A s'serait fermée raide. Mais, tout d'un coup, j'ai saisi son problème. On approchait de L'Islet, j'y dis:

–Murielle, le jeune O'Neil, une fois installé là-bas, y pourrait venir faire son tour, venir passer un p'tit bout de temps pour nous aider, faire des p'tits travaux, de la peinture, sais pas, hein?

Ça a fini là, la bonne humeur lui est revenue d'un coup sec! De L'Islet à Saint-Jean-Port-Joli, ça change de bord. C'est Albert, en arrière, qui s'met a lyrer:

–T'aurais dû me laisser chez Renaud comme je te l'avais demandé, ou chez Daniel Giguère. J'aurais été tranquille. J'aurais pas dérangé. Y m'avait offert de me garder, tu l'sais.

–Giguère, c'est un bum. T'en sais assez long comme ça sur les mauvais coups. Un gars qui fait de la prison à quinze ans, bel exemple!

–Les Renaud, c'est du bon monde? Y te l'ont pas assez dit qu'y étaient prêts à me prendre? Je serais allé vous retrouver plus tard.

–C'est ça, une fois tout installé, le ménage fini, la couchette pour toé.

–Tu sais même pas où on va aller au juste, l'père!

–J'ai mon idée. T'as qu'à suivre et fermer ta grande gueule.

–C'est ça, toujours s'la fermer, jamais rien dire. J'ai pas le droit d'avoir des idées. Mes idées, ça vaut jamais rien. Murielle, qui a rien qu'un an de plus, ce qu'a dit, c'est sacré, par exemple, c'est toujours parfait. T'es juste rien que pour les filles, le père. Nous autres, les gars, on est des pas bons, des pas fins, des têtes croches. J'vas déserter un bon jour, j'vas sacrer le camp dans l'Ontario.

—Germaine, fourre-lui donc un p'tit coup de ta bouteille de cream soda sur le crâne pour le faire taire.

—J'me tairai pas, le père, y a pas de justice.

Encore, y a pas de justice ! Non, y a pas de justice, ni pour Janine qui veut un sac de chips, ni pour Ronald qui voudrait se faire accrocher derrière le trailer assis dans sa voiture jaune, pas de justice pour Murielle qui voudrait se mettre en bikini comme les petites du fou à Giguère quand a vont se baigner à Plage Idéale, à Cartierville ou à l'île Sainte-Hélène. Pas de justice, mes enfants, pas de justice. Juste pour les grands, pour les adultes, les parents ! Mon père avait un petit magasin à Rosemont, près des tunnels. Y avait pas de justice. Les gens payaient pas, ni l'épicerie, ni les liqueurs, ni les gâteaux, rien. Personne payait, c'était sa seule clientèle, les gens qui payent pas. Une binerie. C'était la belle époque, celle de la crise. On couchait derrière le restaurant, derrière des piles de caisses de liqueurs douces. On s'amusait à vider les bouteilles à mesure que le vieux venait les ranger dans la noirceur. La liqueur des fonds de bouteille était encore froide. On sautait dessus. La chicane poignait. On se luttait jusqu'en dessous du lit. Mon frère était plus jeune, mais y était plus gros et plus fort, y gagnait toujours. Pas de justice. Mes sœurs, mes trois sœurs s'en mêlaient. Souvent, ça finissait par des petits gestes cochons sous les couchettes de fer à trois par lit, selon les âges par ordre de grandeur.

On faisait la paix, ça restait dans la famille. Pas de justice.

Souvent aussi, dans le restaurant, la bataille éclatait. Des grands slacks, des gars de six pieds. Tout revolait dans le «joint». Y pétaient les néons au-dessus des bancs. Mon père braillait, y appelait pas la police à cause des petits rackets, des cartes de hockey, des magazines cochons, des petits coups de fort à quinze cennes le verre, sous le comptoir. Y aimait mieux pas avoir affaire avec ça, la police. On écoutait les histoires de cul des grands voyous, on essayait de s'endormir sous les cris, sous les sacres, les menaces. Les murs en carton, ça vaut pas cher contre le bruit.

J'en aurais long à raconter sur la justice. La grande fille à Pauline Lamer, que le père avait engagée pour la cuisine – patates frites, hamburgers, hot-dogs, sundaes – a recevait son chum jusque dans notre chambre en arrière. Je faisais semblant de dormir, mais j'avais un fun vert à les regarder se peloter. A poussait des râles, des soupirs profonds, je voyais pas trop ce qui la faisait languir de même. Y avait quatre mains qui barbotaient sur elle, sur son chandail rose bonbon, avec ses deux gros bonbons roses. Je les avais déjà sucés, a m'avait chargé trente sous! Sous sa jupe, ça gondolait, ça revolait. A gloussait rauque. Un temps, le père était toujours parti, a gardait la bicoque. A venait dans notre chambre souvent. Fallait, pour aller pisser, c'était au fond, en arrière. J'sentais son corps qui frôlait notre lit. Une bonne fois, quand est revenue, j'ai mis mon pied en travers, pour y bloquer le passage. J'y ai dit que j'étais pour tout bavasser au père, ses petites séances de pelotage avec le grand Perreau, à moins qu'a m'explique pourquoi qu'a râle comme ça quand Perreau la touche, qu'a m'explique comment faire, où est-ce qu'y faut la toucher. Mon frère Raymond ronflait comme un moteur. A s'est installée avec précautions, a m'a tout expliqué ça. A commencé par les prises de becs, a avait les babines gonflées, j'avais peur d'être avalé tout rond. Et pis, ses babines, a me les a plaquées un peu partout, sur toutes les parties du corps. A me retournait comme un oreiller, j'me laissais faire. À la fin, a grimpé dans le lit, a retroussé sa grande jupe rouge cerise en taffetas et j'ai su, à treize ans, comment ajuster les morceaux, faire l'assemblage complet. Ça m'énervait trop, j'me suis mis à avoir des tics nerveux au cou, aux yeux, pendant six mois.

Un soir, le père a quitté la taverne trop vite, y nous a découverts dans cuisine. On avait traîné des coussins, des oreillers, une fiole de gros gin. Y s'est mis en colère noire. Y l'a battue, y était jaloux! La grosse Pauline s'est ramassée dans rue, nue comme un ver. Y lui a envoyé son linge par la tête, en travers de la porte ouverte.

Et pis, y a commencé à venir des soldats, des marins, tous les soirs, c'était la guerre. La bataille sortait du restaurant. Ça se pétait la gueule à tous les coins de rue. Les grands zazous aux habits roses, verts, se faisaient battre au sang à coups de chaînes de fer par les marins qui s'amenaient à pleins camions. C'était leur façon de faire du recrutement. La guerre marchait rondement. C'était le début de la belle vie. La mère a lâché ses nettoyages de nuit dans les bureaux au bas de la ville.

Y a pas de justice, les enfants, soyez-en certains.

Mon père a fermé sa baraque de crève-faim. Comme tous les gars de son espèce, y est entré dans une manufacture de balles, de fusils, de bombes. Le deuxième jour, y s'est fait mettre dehors, lui pis une dizaine d'autres, y sont sortis par la fenêtre. C'est moé, le plus vieux, qui a fallu que j'aille identifier les petits morceaux. Une bouillie de père ! J'avais dix-huit ans. J'me suis enrôlé. Quand la guerre a fini, j'suis rentré au camp. Tout fin seul. Et j'ai rencontré une grande fille rousse, la belle serveuse aux yeux doux, la p'tite Gaspésienne de chez Roxi Snack-bar, en face du Empire. Pendant un film en couleurs avec Judy Garland et Fred Astair, les couleurs arrosaient tout le théâtre, j'ai fait ma demande à la grande rougette qui venait de Bonaventure.

Pour le meilleur et pour le pire.

– Gilles, ça fait deux fois que tu frôles les trucks !

Ah oui ? Je rêvais.

– À qui ?

– Au Roxi Snack-bar, Germaine, aux p'tites vues du Empire !

– Oh la la ! C'est loin.

– Y me semble que c'était hier.

– Regarde où tu mènes ou b'en arrête-toé !

– Sainte-Anne-de-la-Pocatière. On approche.

– T'as entendu ce que la petite disait avant de s'endormir ?

– Non.

– A dit : « P'pa, c'est le plus gentil monsieur de la terre. »

– Eh ! Ouang !

Tout le monde dort dans le tacot. J'installe le bazou entre deux rondelles de gazon vert. Un néon clignote : « Racicot Motel Vacancy ». Y a pas trop de clients ! Trois, quatre chars devant la dizaine de cabines. Dans le bâtiment où doivent habiter le beau-frère et sa famille, y a le bureau et une salle à manger. Belle installation ! On va visiter ça !

Une clochette sonne quand j'entre dans l'office. Une fille m'apparaît, l'air sérieux, lunettes sur le nez, les yeux croches. Ça serait-y une des filles à Zotique Racicot ?

– Vous voulez une cabine ?

– Euh... êtes-vous une petite Racicot ?

– Oui m'sieur.

– Laquelle ?

– Lise.

– Lise ? Misère ! Quand je t'ai vue la dernière fois, t'avais pas dix ans, j'pense. T'as grandi. Je t'aurais pas reconnue !

– Êtes-vous mon oncle Gilles ?

– Oui.

A part. Et y reviennent à quatre. Zotique, sa femme, un des garçons, un gros jambon au teint jaune.

– Zotique, tu me reconnais ?

– Oui, oui. Veux-tu me dire ce que tu fais par icitte ?

– On s'en va en Gaspésie. Une idée de ta sœur Germaine.

– Ah ! celle-là ! Où est-ce qu'elle est ? Dehors ?

– Y dorment, toute la gang, dans le char.

– T'aurais pu en profiter pour rouler tranquille. Veux-tu une bière froide ?

– Je pensais que... pour la nuit...

– Pense pas trop, Gilles Bédard. Toutes mes cabines sont réservées.

– Bon, b'en, j'veux pas déranger... Je voulais pas continuer sans... Écoute, Germaine serait en beau maudit si a se réveille demain, à cent milles de Ouelle, sans avoir vu son petit frère, tu comprends ça ?

– Voyons donc, qu'est-ce que tu veux que ça y fasse ? On a pas plus de place dans la bâtisse, j'ai plus de chambres en haut, on a converti ça en salle de réception. Des fois y a des chansonniers qui viennent faire des spectacles, des fois, y a du cinéma, des assemblées, des mariages. À côté, j'sais pas si t'as remarqué, je fais construire. Ça achève. Ça va être un p'tit hôtel, une trentaine de chambres au plus.

– Tes affaires marchent rondement, Zotique ?

– Dis pas ça, dis pas ça. Je marche sur des emprunts. C'est le gouvernement qui nous pousse dans le dos pour construire, et tout. L'année de l'exposition universelle, c'est dans deux ans. Y paraît que le pays va se remplir de monde, j'ai hâte de voir ça, j'en doute ! Veux-tu une bière ? Tu connais mon garçon, Réginald ?

– Y est rendu grand.

– Tu veux dire gros. C'est pas fin mais c'est fort. Faut le pousser dans le dos pour se faire aider. Quel âge il a ton... Armand ? Albert ?

– Albert ! Quatorze. Pas vaillant vaillant non plus.

– Tu voyages avec tous tes petits, je suppose ?

– Y sont tous là, dans le char.

– Bon b'en... bon b'en, on va aller les saluer avant que tu repartes. Aimes-tu mieux qu'on les réveille pas ? V'là ma sœur ! Rentre, Germaine, rentre, ma belle carotte !

Germaine ouvre la petite porte métallique. A tient son châle serré autour du cou. A grelotte. Rien de pire que se réveiller dans nuit.

– Bonsoir Zotique, Émilie...

Y se regardent. On dirait pas qu'y sont frère et sœur. On dirait jamais.

– On te dérange pas trop ?

–Non, non, je disais à ton mari que toutes mes cabines sont louées et j'ai plus de chambres ici dedans, à part notre logement derrière la salle à manger. C'est pas grand, on est tassés.

–On dérangera pas. On va continuer, Zotique. On voulait te saluer en passant. Tout le monde se porte en santé à ce que j'vois ?

Lise va près de Germaine.

–Vous avez pas changé ma tante.

–Lise ? Je te reconnais pas, mon doux Jésus que les filles changent en vieillissant, Émilie. Si tu voyais Murielle, une belle grande fille.

Et ma Germaine regarde Lise, chétive, raide, sèche. Ça y fait une consolation. Les plus riches, c'est drôle, c'est toujours les plus laids !

–On a su… pour ta grande, pour Rolande. Ma pauvre Germaine.

Émilie se prend une face d'enterrement, l'hypocrite ! Ça y est, Germaine s'écrase sur une chaise et se met à pleurer, la tête basse. Zotique vient lui tapoter l'épaule :

–Pleure pas, Germaine, pleure pas. Est au ciel. Est pas mieux là-haut ? Hein ?

Émilie frotte ses lunettes après avoir soufflé sur chaque verre. L'œil sec, a déclare :

–Écoute Zotique, peut-être qu'y pourraient s'installer à l'hôtel pour la nuit ? Les fenêtres sont bouchées avec du plastic. Le vent passe pas trop.

–Faudra faire attention, y a plein de planches qui traînent. Faudrait pas que tes gars dérangent les affaires des menuisiers, Gilles. Réginald, va chercher un ou deux fanaux, vite, dépêche, on va leur montrer le chemin.

L'hôtel en construction est comme un gros jeu de blocs. Les enfants jubilent. Ronald surtout, lui qui aime tant le bois, les clous, les marteaux. Déjà, y a la scie à la main, des clous plein les poches, y court d'un étage à l'autre. Germaine arrête de sucer sa paille et vient me tirer la manche:

−Ronald cesse ça, tu vas te casser une jambe. Gilles, regarde-le en l'air, y va se tuer, y a même pas d'escalier.

On a installé nos couvertures sur des madriers posés sur des chevalets dans un coin. Janine s'est pas réveillée tout à fait. Déjà, est replongée dans le sommeil. Albert examine la construction à Zotique. Un vrai inspecteur en bâtiment, y tâte les poutres, y gratte le plâtre posé sur les murs d'en bas. Murielle s'installe un coin douillet sur un tas de bran de scie, a se fabrique une sorte de paillasse.

−Murielle, tu vas en avoir pour une heure, demain matin, à nettoyer tes couvertures.

−J'époussetterai ça, Germaine, laisse-la donc se débrouiller, c'est une petite nature. As-tu encore du café dans tes affaires?

−Oui. Mais le thermos à café ferme mal, y doit être gelé. C'est depuis la fois que tu t'es battu à boulangerie de la rue Rockland. Le bouchon est fendu.

−Donne, donne. C'est mieux que pas de café.

Une voix m'appelle dehors, j'me sors la tête par un trou dans le mur pas fini. C'est Zotique, en bas:

−Dis à tes gars de pas faire tant de bruit, Bédard. J'ai des clients, tu comprends?

−Chut!

Racicot-Motel-Vacancy s'éteint. C'est la nuit noire.

–Je m'en souviendrai de l'hospitalité de ton frère Zotique.

–Y a jamais eu de cœur. Au lieu d'aller chercher p'pa quand la mère est morte, y l'a laissé crever à l'hospice, malade comme un chien. Tu le sais, y avait que nous autres pour le visiter une fois par mois. Y lui envoyait même pas de tabac. Pas de cœur, je te dis, pas de cœur. Tu devrais pas fumer avec tout ce bois-là autour qui traîne, tu me fais peur.

–T'as peur de ton ombrage, Germaine.

–Gilles, pour la Gaspésie, tu regrettes pas toujours ?

–Non. J'y tiens. Je vas voir. Si c'est possible, on restera.

Le grand Albert s'est fait un hamac avec des bâches qui traînent et y dort, une jambe sortie du hamac. Ronald s'est installé entre les deux filles, pas fou, à chaleur, sur le matelas de bran de scie.

–Germaine, veux-tu qu'on aille faire un petit tour dehors, t'as pas l'air de t'endormir ?

–C'est fou, hein, dans l'auto, je dormais pourtant. Quand on se réveille, on dirait que c'est fini après. Penses-tu que ça va marcher son hôtel dans un coin comme ça ? Ça m'a l'air sauvage.

–Viens voir au deuxième, on va prendre le fanal, y a comme une galerie tout autour de la bâtisse. Ronald m'a fait voir ça.

Un vent doux souffle. Les criquets font un vrai concert. Y doivent être des millions. Une chauve-souris fait des peurs bleues à ma pauvre Germaine qui vient se coller contre moé. Je lui enlève les cheveux de la face mais le vent les remet toujours. A me fait un beau sourire.

–Tu sais, je te ferais des douzaines de petits si on était riches. Des douzaines. On aurait de l'aide, deux femmes de ménage! Avance, avance, ça fait tout le tour de la bâtisse, je te dis.

–Y fait noir, hein? La lune est cachée.

–Tant mieux.

–Arrête tes folies. Veux-tu me lâcher, on va se tuer avec tes simagrées.

Simagrées pas simagrées, je lui trousse la robe. A me voyait venir. A se défend pas trop, soupire fort!

–Germaine, tu as les plus belles fesses du monde. Dire que ça se sait pas, Germaine, c'est pas connu.

Je la caresse tant que j'peux. Les soupirs lâchent pas.

–Laisse-moé tranquille. On va nous entendre.

–Qui ça?

–Émilie, Zotique.

–Voyons donc. Y sont trop occupés à leurs affaires pour pouvoir veiller la nuit. Y dorment dur pour se lever de bonne heure et se remettre à calculer de bonne heure.

–Oh, Gilles, t'es fou, t'es fou! Tu m'énerves, mon grand maudit!

A s'accroche à la balustrade du balcon. Je l'enfoncerais pendant dix jours si je pouvais. J'voudrais l'avoir longue comme la terre entière et toujours dressée, je voudrais jamais finir d'y rentrer, pénétrer pendant des heures et des heures, m'écarter, perdre mon chemin, p'us savoir qui j'suis. Être un long, long membre qui a trouvé un corridor de soie, de laine douce, chaude, comme un passage secret et me faufiler, me faufiler... que c'est bon, Germaine!

–Arrête, je veux me coucher.

J'y fais un lit à toute vitesse avec une grande bâche que je plie en deux, en quatre, en dix. A se jette dessus et ouvre les bras. J'espère que le balcon est cloué solide parce que là, j'vois pas l'heure où on va en finir.

La mangeaille des religieuses de Rimouski, un festin

On est pas riches mais on est pas fous. Le soleil a fait lever les enfants. Aussitôt, on a ramassé nos p'tits pis, fitts! Pas de bonjour, pas de merci. On est pas fous. On dérangera pas les grands seigneurs Racicot. Ronald a ramassé le plus de bouts de bois qu'il a pu. Y parle de se faire une fusée, y jongle à des voyages à travers les planètes. Albert lui explique les problèmes. Y veut rien savoir. Murielle a couru au char et est revenue se changer de linge. A se maquille dans son coin, faisant des grimaces dans le miroir du poudrier à sa mère.

Albert mange toute une boîte de biscuits, assis en arrière, écoutant et argumentant avec le petit qui a caché ses planchettes et ses clous pis un beau marteau tout neuf, dans le fond du trailer. Janine est installée à cheval sur Germaine qui est revenue en avant, à côté du chauffeur s'il vous plaît! A les traits tirés et cligne des yeux sous le soleil matinal. J'aime la voir poquée par l'amour de la veille.

À Kamouraska, stop pour déjeuner dans un petit parc. Janine avale six beurrées pleines de confitures et presque pas de beurre. A parle de rien et avale. En voyage, tout passe. À maison, a aurait rechigné. C'est l'avantage des voyages, je suppose. J'me suis payé une boîte de petits cigares. Du luxe, le père! Je pense à mon Jésus-Christ, j'espère que le chien de Léon a rien contre les philosophes. Ça m'avait l'air d'un penseur grave, une machine à penser.

Parlant de chien, on n'a pas retrouvé le nôtre. Ronald l'a perdu de vue en quittant Québec. Y a dû sauter en bas de la remorque au premier stop d'un coin de rue. Ronald s'attache pas à ses chiens, y doit penser que la terre est remplie de chiens partout et qu'il en trouvera toujours de plus en plus.

— On sera à Rimouski dans pas longtemps.

— J'espère qu'on n'ira pas voir les bonnes sœurs, p'pa!

Murielle sait bien que j'ai un vieil oncle dans un couvent à Rimouski, y sert d'aumônier. Le frère de mon père est un ancien missionnaire à la retraite. Lui qui a passé sa vie chez les Chinois, y a jamais tant déménagé que depuis qu'y se sont fait sortir de la Chine. Y va d'un couvent à l'autre. Y est comme un vieux jouet usagé. On reçoit ses cartes, ses lettres, de tous les coins du pays. Une semaine, y est à Arvida, l'autre, à Laval-des-Rapides, le mois après, y est rendu à Noranda ou bien à Sherbrooke. On le suit pas.

— J'aimerais ça y parler encore une fois au pépère Arthur!

Albert l'aime son oncle Arthur. Y sait que c'est un vieux intéressant qui a toujours des inventions à y expliquer. Y lui montre des trucs de magie à chaque Noël. Y sait tout. Y répond à toutes les questions dans n'importe quelle science et c'est un grand bavard comme les curés de l'ancien temps.

— Oui, oui, y est comique mon oncle curé, on y va! On y va!

Ronald aussi, ça ferait son affaire. Arthur donne toujours des petits cadeaux, des petits riens, des bébelles, un jeu de patience chinois, un compas épointé, des plumes de bambou, un vieux boulier compteur, un éventail, une statuette.

– Germaine, on va-t-y faire une visite, oui ou non?

– J'suis pas présentable, Gilles. Un couvent, c'est pas un terrain de pique-nique.

– M'man, tu sais que j'aime pas les pisseuses, ça va être plein. Avec leurs élèves en vacances, a vont se jeter sur nous autres. Ronald va brailler, y a peur de ça, les bonnes sœurs, vous le savez!

– C'est vrai, j'y pense, pauvre p'tit gars, y va prendre peur! Les cornettes, les grandes robes noires, c'est ça qui l'effarouche!

– Écoutez les petits, on va faire un arrêt chez le vieux Arthur, pas longtemps. Y sera si content de nous voir! Après, on va trouver une plage pour se baigner. Ça marche-t-y? On sera au bord de la mer une fois passé Rimouski.

Applaudissements généralisés.

À Trois-Pistoles, je pique vers le fleuve. Je roule jusque sur le quai. Les questions pleuvent:

– On s'en va-t-y en bateau, p'pa?

– Gilles, tu me fais peur, si tes brakes venaient à manquer?

– Y a une tank au bout du quai. C'est pour gazer un peu. Faut toujours en mettre, y doit avoir un trou dans mon réservoir.

Les petits sortent pour aller examiner l'accostage d'un traversier. Le fleuve est large. Le soleil brûle. Germaine s'ouvre un petit cream soda. Tout le monde veut une gorgée, la bouteille fait le tour des bouches ouvertes et lui revient vidée! A s'en ouvre une deuxième.

Les hommes regardent ma traînée d'enfants qui mangent des yeux le gros traversier rouge et noir. Y examinent mon trailer. On y a jeté une belle grande bâche propre, cadeau involontaire du beau-frère Racicot! Voler un tabarnac de gros dur, c'est pas voler.

– Tout à l'heure, ça va être la vraie mer qu'on va voir, hein p'pa?

Silence général. Ce mot-là les fait rire. La mer! Y me regardent. La mer. Tout un mystère pour eux autres. Pour moé aussi.

– Oui, ça va être la mer, la grande mer, la mer pour vrai. Vous allez voir ça si c'est beau.

– Qu'est-ce que c'est, la mer, au juste, p'pa, c'est dans la Gaspésie?

– La mer, Ronald, c'est quand y a tant d'eau que tu vois p'us rien à perte de vue, rien que de l'eau, pis de l'eau.

– On peut se baigner dans mer?

– Certain. B'en certain!

– P'pa? Y a des baleines, des requins? Y pourraient nous avaler, non?

Janine me dévisage, les yeux ronds.

– Y se tiennent pas au bord.

– On verra pas un seul requin de notre vie, p'pa? Pas une seule baleine?

– Oui, peut-être, mon Ronald. Peut-être que t'en verras, au loin. Y nagent au large, y sortent de l'eau. Y cherchent des petits Jonas comme toé. T'es mieux de pas t'approcher.

– J'vais me faire un harpon en bois, pointu. J'vas l'attacher avec une corde et pow! j'vas les tirer jusqu'au bord. On grimpera dessus, on se fera une cabane dedans leurs ventres.

–Venez, on va voir l'oncle Arthur. C'est pas loin. J'pèse su' l'gaz! Tenez-vous b'en!

–S'y est pas déménagé encore, on sera chanceux.

Rimouski dort au soleil. Ça doit être jour de fête. Y a presque pas un chat dans les rues.

–Murielle, tu sais tout, c'est-y une fête aujourd'hui?

–J'sais pas. Le vingt-cinq juin, y a rien, y me sem-ble!

–J'ai faim encore, p'pa.

Ronald, l'affamé, un trou sans fond.

–On mangera en sortant de Rimouski. Y doit y avoir un terrain de pique-nique dans les alentours.

Pour le couvent, on s'informe à un petit vieux qui passe. On l'embarque, y travaille justement au couvent des bonnes sœurs. Y a les yeux qui clignent et y parle en sifflant. Les petits pouffent de rire, se retiennent d'éclater de rire. C'est toujours ceux-là qui parlent le plus. Y a pas arrêté de se faire aller la margoulette. En dix coins de rue, y a raconté toute sa vie, un vrai film comique. Les enfants sont rouges de plaisir. Y a rien de plus fou que des enfants, des p'tites bêtes cruelles.

On est arrivé. Murielle se fait prier pour débar-quer du char. Comme ma Germaine, a se prend aussi-tôt un petit air pincé qui me fait mourir. Devant les nonnes, je les connais, a vont se mettre à parler pointu, à faire des courbettes et des sourires. C'est crevant! Quand j'vois une sœur, j'ai toujours envie de la désha-biller, c'est idiot, rien que pour voir. Tout ce linge m'agace, m'énerve. J'aime pas le linge, le linge pour rien. A pourraient se faire une douzaine de jupes rien que dans une seule robe!

Une sorte de sœur portière nous accueille en joignant les mains de satisfaction. A regardé mes enfants comme si on venait les porter à manger. C'est épeurant.

–Si le révérend père Arthur est là ? J'pense qu'il est là ! Et on voudrait pas le perdre, c'est un prêtre si bon, si doux.

Puis, c'est la sœur directrice du couvent. Les sourires de Germaine, les courbettes de Murielle. On arpente toujours des corridors sans fin dans ces institutions. On finit par arriver dans une espèce de solarium. Arthur est là, les pieds étendus sur la rampe du balcon, y se fait chauffer la couenne au soleil. Y manque de tomber en bas de sa chaise en nous apercevant. Y est surpris sans bon sens. Y en a les yeux tout mouillés. Ronald lui saute sur le dos.

–Par exemple, ça c'est de la visite surprenante !

Y nous fait visiter sa chambre, son petit bureau. Y donne une patente pour agrandir les dessins à Albert qui, déjà, veut démonter l'appareil, offre des sucreries à Ronald et à Janine qui refusent poliment pour ensuite vider le bocal à pleines mains. Ronald reste quand même grimpé sur son dos à l'abri des cornettes. Y le fait descendre et lui ouvre un grand tiroir. Y peut faire son choix ! Pauvre p'tit gars, y sait p'us quoi prendre parmi tous ces tricks de magie, à billes, à éponges, à petits drapeaux, à cassettes. Y finit par faire son choix. Une boussole, tout simplement. Sans savoir ce que c'est. Arthur y explique l'usage de la boussole. Y est émerveillé, bat des mains.

–En Gaspésie, on pourrait finir par se rendre, j'aurai la « bossole » p'pa !

–Boussole, Ronald, boussole.

On visite le parloir, on sort, on examine les plantes du jardin, et puis, prière obligatoire à la grotte du petit bois! Martyre! Murielle et Janine tombent à genoux pour faire plaisir aux sœurs. Ronald grimpe sur le rocher artificiel et casse une douzaine de lampions. Pépère Arthur ordonne aussitôt le retour au couvent.

Retour au parloir. Des odeurs de cuisine excitent les narines des petits.

– Avez-vous mangé, au moins?

– Non, on va aller manger en sortant de Rimouski, on trouvera une place dehors.

– Pas question. En avant, les ventres creux! À moi les estomacs à remplir! Venez, venez, on va se régaler, j'ai pas dîné, non plus. J'avais pas faim. Vous m'avez donné la faim. Gilles, je m'ennuie, tu sais. Ça coupe l'appétit, l'ennui.

La petite troupe court dans les corridors. Aux cuisines, c'est un carnage. Les enfants s'emparent d'une des tables du réfectoire. Germaine fait son possible pour les calmer. Et nous prenons un repas effrayant. Les deux sœurs cuisinières veulent qu'on goûte à tous les plats, c'est comme un concours de cuisine. On se régale. On sortira de là bourrés, pleins à craquer.

On quitte le réfectoire. Albert et Ronald vont courir dans les jardins du couvent avec un gros ballon blanc. J'en profite pour me faire la barbe dans la chambre du révérend père Arthur! Germaine cherche Janine partout. C'est pas des farces, on la trouve nulle part. On organise une vraie battue en règle. Les bonnes sœurs font revoler leurs jupes à travers tous les corridors. Les portes s'ouvrent, se referment. C'est comme de bons gros oiseaux noirs!

Germaine s'affole. Ça y est, les larmes! A se met à crier le nom de la p'tite à tue-tête.

Et on la retrouve chez la sœur Marie Madeleine du Calvaire. Une vieille toute ridée, à moitié morte. Janine y chante des chansons, les mains pleines d'images, de médailles. Une chanson, une médaille! Une courbette, une image! A va ruiner la vieille. Germaine serre la petite à l'étouffer. La vieille religieuse y dit:

–Cette petite fera une religieuse! Elle me l'a promis!

Près de la portière de l'auto, regardant ces cris, ces rires, cette vie de démons, Arthur me dit:

–Gilles, tu dois être le plus heureux des hommes. Je voudrais b'en être à ta place des fois.

Germaine bombe le torse, la mère poule est fière!

Je lui donne un de mes petits cigares à cinq cennes. Y s'en va en se retournant dix fois pour répondre aux saluts des p'tits. Y nous a dit qu'on trouverait la mer pas loin, à Sainte-Luce. Une plage fameuse qu'y nous a dit. Les petits ont hâte d'y arriver. La mer! Y en ont rêvé si souvent. La mer!

J'sais pas pourquoi, j'suis comme triste. J'me retourne pendant qu'y chantent tous les quatre assis en arrière et je voudrais y voir Rolande, j'aurais voulu voir ma grande au milieu. A aurait aimé ça la mer elle aussi. Et je repasse mon idée: « Michel Garant. Anse-à-Beaufils ». Je pèse sur la pédale au fond. J'en parle pas à Germaine qui défait sa ceinture d'avoir trop mangé pis qui s'peigne, lentement, comme un chat qui se lave avec sa langue. J'en parle pas, a se mettrait aussitôt à pleurnicher.

À Sainte-Luce-sur-mer-de-pluie

C'est donc là qu'y étaient tous, les gens de Rimouski!
C'est noir de monde Sainte-Luce-sur-mer. Le soleil
aveugle. C'est comme des mouches autour du restau-
rant-hôtel en face des motels. Des airs de twist, de yé-yé
traînent dans l'air partout. Murielle a le fessier remuant.
Fourmis aux jambes, a serre son costume de bain dans
ses mains. La mer!

–La mer, p'pa, la mer, oh la la! C'est beau en
grand!

–Murielle se trémousse sur le siège. Ronald pousse
des cris de victoire. Janine murmure:

–La mer qu'on voit danser... La mer qu'on voit
danser...

A sait pas le reste de la chanson de Trenet.

–Regarde-moé donc les vagues, son père!

–Germaine, t'avais raison, c'est un beau pays ta
Gaspésie!

L'eau est d'un beau bleu d'empois chinois! J'en ris
rien qu'à la regarder. Les nageurs s'ébattent, c'est une
belle image. Une belle image de la vie. Rien qui ressemble à la rue Drolet, sauf peut-être à la Saint-Antoine,
la fête des Italiens du quartier. J'aime les fêtes. J'aime
ça la gaieté. C'est si rare! Si rare! Pourquoi ça, bon
yeu, pourquoi?

–On y va ou y va pas se saucer, p'pa?

Tiens, Albert! Lui qui est pas fou de l'eau. C'est à cause des vagues. Faut trouver un coin. Toutes ces plages sont payantes et faut ménager nos piastres. Au bout de la longue plage de sable, quelques chalets. À louer! Barrière ouverte, j'y fonce. Celui qui est à louer est chambranlant, ça fait rien.

–Débarquez. On va regarder ça, peut-être qu'y aurait moyen de louer le chalet. Regarde l'écriteau « à louer », sa mère.

Un clin d'œil, a compris le manège. Est habituée.

Y a pas un chat. C'est une maison de bardeaux dépeinturés.

On va visiter.

Albert fait le tour. J'en profite pour me faufiler. D'un coup de poing, le cadenas de la porte se décroche.

–Viens voir ça Germaine, c'était même pas barré!

Les enfants se précipitent. La bousculade! Chacun a son costume de bain, y brûlent d'aller se baigner.

–Installez-vous dans les deux chambres!

–Doucement, les garçons par là, les filles à gauche, compris.

Germaine surveille toujours la moralité. Mais je lui passe la main sur les fesses. Je reçois mon dû, une claque pinçante. Pauvre Germaine! A son costume vert pomme sur l'épaule et se met à genoux pour enfiler celui de Janine.

–Attendez votre mère. La mer, c'est pas la plage d'Oka, ni la plage Mon Repos, attendez votre mère, c'est creux!

Y s'impatientent sur la véranda dont toutes les moustiquaires sont déchirés. On y va. Crac! Le soleil disparaît. Bête de même, d'un coup sec. On voit, là-bas, les derniers baigneurs qui sortent des flots. On y va pareil. Une p'tite pluie fine dégringole en rafales.

– Y va revenir, y va revenir. Y peut pas nous faire ça, c'est un nuage !

L'eau est glacée. Les enfants découvrent des bigorneaux, des huîtres vides, des crabes cassés, des pinces de homards. Toutes les petites roches mouillées sont brillantes, y pensent que c'est précieux, des diamants, ma grande foi du bon yeu ! Janine et Murielle en ramassent. On marche vers la plage de sable. On y arrive. Le soleil est toujours caché. Le tonnerre fait son entrée maintenant. Ronald, comme à l'accoutumée, fait un triage de bouts de bois.

– On dirait des bâteaux à voile, pas de voile, hein p'pa ?

Albert fait le faraud, fait des efforts pour se saucer, mais recule à chaque vague. L'eau est basse. Les petits courent sur les bancs de sable. Le vent est bon, y vient du large, y goûte bon. Les enfants ont le sourire au bec. Et ce maudit soleil qui revient pas. Et la pluie se met à tomber à grandes ondées ! Toute la bande des baigneurs disparaît dans les chars qui sortent du parking et s'en retournent vers Rimouski ou vers les chalets des alentours à full speed. La salle de danse de l'hôtel se remplit, les filles se sèchent les cheveux en gigotant comme des petits poéssons des chenaux qu'on sort de l'eau glacée, au printemps.

Sur la galerie à moitié défoncée, on est tous là, dégoulinant, et on regarde la mer. Le bleu de la mer est devenu gris sombre épouvantable avec ses frisettes d'écume blanche partout. Au large, un bateau se balance dangereusement. Albert cligne des yeux :

–Y va verser. C'est certain. Y va couler à pic. Regardez donc!

Ronald rassemble ses bouts de bois de flottage. Murielle et Janine découvrent que les diamants brillent pas à mesure que ça sèche, ça devient terni et plate à regarder. J'coupe les carapaces des crabes pour voir. Germaine, qui est habituée à s'installer n'importe où, n'importe comment, déclare: «On va manger.»

On déniche une table dans petite cuisine, on la sort sur la véranda parce que les petits refusent de manger en dedans. Y disent que ça sent la morue morte en dedans et qu'y veulent regarder la mer. Le salami sort d'une boîte de fer-blanc, le pain tranché, un sac d'oranges. Murielle a été envoyée pour acheter du lait et des gâteaux! Y aura un dessert en l'honneur de la mer, j'ai décidé ça.

–Tâche de pas payer trop cher.

Murielle a mis un petit imperméable de plastic qu'elle avait reçu en cadeau et qu'elle adore «parce que ça se plie grand comme la main». Je la regarde courir du bout des pieds sur le chemin. A l'air d'un bouquet dans un sac transparent, d'un légume fleuri, rouge clair, vivant. Albert, c'est b'en entendu, est allé s'étendre dans une chambre sur un sommier de métal sans matelas. Janine aide sa mère à défaire des boîtes, à sortir de la mangeaille. Ronald est monté sur un escabeau et regarde la mer. Y jase, les yeux au large, y rêve tout haut comme ça y arrive si souvent la nuit.

–Je vas devenir un matelot, p'pa, un vrai marin qui a pas peur de rien. J'aurai un bateau en fer jaune, les cheminées, je vas les peinturer rouge. J'aurai des chums dans mon bateau. Tous les gars de la rue Drolet.

On aura des épées et des canons. On assommera les pirates. Vous autres, vous serez dans un autre bateau en bois attaché en arrière du mien. Vous aurez pas besoin de rien. On vous poignera du poisson en masse. Vous aurez pas à vous battre, vous serez trop vieux. Nous autres, les gars de la rue Drolet, on fera les batailles. Ivanhoé et Thierry-la-fronde viendront nous voir souvent. On accostera dans l'île à Robinson, on lui apportera du manger, du bois, de l'or, des esclaves pour l'aider à s'installer. Tout le monde a peur de nous autres, quand on passe sur la mer, tous les bateaux de guerre se tassent. On sera rois et maîtres de toutes les mers du monde entier. Je ramasserai les trésors des rois, des rois morts, pis des rois vivants. On en fera un gros tas dans la cave du bateau, ce sera plein de couronnes, de diamants, de fusils en argent brillant. Un jour, quand je serai assez riche, pis qu'on aura tiré tous les pirates anglais pis allemands, on arrêtera nos batailles et je viendrai au bord de l'eau. On déchargera notre butin et pis je donnerai tout ça à maman pour qu'a s'achète tout ce qu'a veut. A va devenir comme une reine, nous autres on sera des princes, des princesses. On pourra acheter toute le pays, la Gaspésie avec.

Y a de qui tenir. J'en ai fait des rêves, des projets. Y a de qui tenir. En attendant, Murielle ne revient pas vite.

– Je te gage qu'elle est en train de twister à l'hôtel à côté !

Le grand Albert est revenu aussi vite qu'y était parti, essoufflé, trempé, les culottes collées su' ses grandes quilles maigres, les cheveux raides sur le front, y ressemble à Frankenstein !

–Je sais pas ce qui se passe. La fille qui sert m'a dit qu'a tenait pas épicerie. A l'a dit à Murielle et a dit qu'un vieux bonhomme y a offert de l'amener au village, pas loin, dans son char.

–T'es pas fou? Germaine t'entends ça?

–Voyons donc! T'as regardé comme faut? Était pas en train de swigner dans un coin?

–Non, non. Y a presque personne dans la place. Est partie avec le vieux.

Au moment où je m'énerve et me prépare à sauter dans mon char, v'là-t-y pas Murielle qui débarque d'une grosse limousine noire sur la route, en haut! On la regarde, a les bras chargés de paquets. A fait un petit salut de la main gauche à son chauffeur qui recule, retourne et repart.

–Qui c'est ça?

–Un bon samaritain! Y a été b'en fin p'pa, y m'a amenée au village. Y doit être malade, y a payé les gâteaux, la liqueur pis le lait. Oh! y avait pas de tabac Zig-Zag, p'pa.

–'Coute-donc, p'tite folle, on te l'a pas assez chanté, ta mère pis moé? On embarque pas dans le char des étrangers.

–Y pourrait être mon grand-père! P'is, on est pas à Montréal, hein m'man, c'est du bon monde, les gens de la campagne, tu sauras ça, p'pa!

–Pauvre p'tite niaiseuse, t'aurais pu te faire enlever, finir comme ta pauvre sœur, en dessous d'un tunnel, la face écrasée, en sang.

Germaine va y prendre les deux mains, la secoue férocement.

–Quelle sorte d'homme c'était, y t'a pas achalée au moins?

–B'en non, lâchez-moé donc. Poli comme un curé. Aimable. Y m'a parlé de la Gaspésie, de Percé, y m'a dit qu'y allait lui aussi.

–C'est ça, y t'as pas offert de t'amener dans son corbillard, non?

–Oui. J'ai ri. J'y ai dit que j'étais avec mes parents.

–Ça été b'en long? Y s'est rien passé de croche?

–Ça été long, hein? C'est qu'y m'a amené visiter une vieille maison ouverte aux touristes, un ancien moulin, c'est comme un musée de vieilleries. Tenez, le gardien m'a donné toutes ces cartes-là, regardez.

Y a rien à faire, a comprendra jamais rien, l'innocente. Pendant que Germaine lui enlève les paquets des bras, les cartes, je l'attire dehors. La pluie s'est arrêtée.

–Écoute Murielle, t'es p'us une petite fille. Faut que je te parle. Bientôt, t'auras seize ans, t'es une grande fille, une femme quasiment.

–Oh p'pa, je veux rester ta p'tite fille.

–Écoute comme faut ce que j'ai à te dire, fais pas de farce, c'est sérieux. Y a toute sorte de monde dans le monde, tu dois le savoir. Y a aussi des gars qui se font une spécialité d'entraîner les petites jeunes dans débauche. Tu comprends ce que je te dis?

–Les sœurs, à l'école, arrêtent pas de parler comme ça, p'pa. À les entendre, on dirait qu'on va se faire enlever à tous les coins de rue. Y a pas une fille qui prend ces sermons-là au sérieux.

–Bon. Murielle, j'veux pas te faire des peurs, j'veux pas t'empêcher de vivre tranquille, j'te dis rien qu'une chose, faut que tu deviennes plus... plus méfiante. C'est-y clair? On embarque pas comme ça dans le char du premier venu. Tu le connaissais pas.

– Y avait des gens avec lui, au restaurant de l'hôtel, deux filles pis un gars aussi, ça devait être ses enfants ?

– Vois-tu, t'es pas certaine !

– P'pa, j'ai pas peur, j'sais me défendre. Tu te rappelles du chambreur qui voulait me tâter partout au mariage de ta sœur Anne ? T'en es pas revenu. Lui non plus ! Y en a saigné du nez. J'sais m'défendre ! Pourtant, tu te méfiais pas de lui, tu le connaissais, c'était ton ami, p'pa. Tu y faisais garder la maison souvent. Si tu savais combien de fois y s'est essayé.

– Murielle, y fallait me dire ça dans le temps. J'y aurais pété la face. Faut que tu me dises des affaires comme ça. Je peux pas tout savoir.

– Une fois, je t'en ai parlé de ses avances. T'étais paqueté, t'as ri. P'is, une autre fois, tu t'es fâché, t'as dit qu'y fallait pas parler en mal de tes amis. Pourtant, y était venu dans notre chambre en pleine nuit. Y voulait m'enlever mes couvertes, pis monter dans mon lit ! J'ai crié. Y s'est sauvé. M'man est venue, a disait que je rêvais !

– En tout cas, que j'te reprenne jamais à embarquer comme ça avec un étranger. Tu mangeras la volée. C'est compris ?

On a mangé à notre faim. Mais les provisions baissent à vue d'œil. Faudra que je me décide vite, que je m'installe quelque part au plus sacrant. J'ai modéré le fumage. Je calcule les cannes de bière. C'est fini la pluie, mais le froid est là. J'ai réparé le tuyau du poêle à bois. Ronald a chialé comme un veau parce que j'ai allumé un feu avec ses bouts de bois pourri. Albert m'a aidé. Faut dire qu'y est habile pour allumer un feu. Je l'découvre, mon grand. Mais le p'tit est furieux :

–Quand j'aurai mon bateau, on va te tuer avec nos cinquante canons.

J'ai ri et y est venu me donner des coups de pied. Albert l'a poigné et y sont allés chercher du bois sur la grève. Murielle braille pour aller danser. Germaine y est allée aussi, à cause du vieux au corbillard. On sait jamais. Les âmes charitables, on a jamais trop cru à ça nous autres. Chacun a toujours son petit intérêt. Janine est sur mes épaules, comme toujours. Et j'marche jusqu'au garage du coin sur la route.

–Salut!

–Salut! Pas chaud, hein?

C'est un petit vieux ridé comme une pomme moisie, qui fume et se berce dans une vieille chaise branlante.

–Ça marche, le garage?

–Comme ci, comme ça. C'est pas encore la saison. Fin juin, dans le canton, ça vaut pas cher. Avec ce temps frisquet, ça arrange pas les affaires. Vous êtes en vacances?

–Non, je cherche à m'installer dans le pays. Matane, Gaspé, j'sais pas trop. On va voir. On regarde.

–Matane, Gaspé, Mont-Joli, Sainte-Anne-des-Monts, c'est toute la même affaire. On crève partout. Vous demanderez aux habitants. Y a pas assez de monde.

–La Gaspésie, c'est pourtant...

–La Gaspésie, c'est de la marde! Vous autres, vous venez comme ça, en touristes, c'est b'en beau. Mais restez, passez un hiver. Vous rirez jaune, vert! Tout le monde en arrache. Questionnez les jeunes, surtout. Y veulent tous sacrer le camp en ville, à Québec, à Montréal, Trois-Rivières, où y a du monde. Ça part à pleins chars. B'etôt, le pays sera vide comme un désert. Pensez-vous que mes deux gars sont restés au garage? Non, m'sieur! Y sont en ville, dans grande ville. Y en a une qui travaille à Continental, l'autre pour Canadair. Sont pas fous, les jeunes, y font pas comme nous autres, à niaiser, à écouter les politiciens faire des promesses, de campagne en campagne, la bouche pleine de grands projets. Y déménagent. Ça vient de finir.

Y est arrivé un gros char convertible avec deux femmes dedans! Maquillées à mort. Le vieux les a gazées, y est revenu se bercer.

–Écoutez, je voudrais pas vous décourager. Y en a qui réussissent à se débrouiller. Avez-vous un métier?

–Euh... la mécanique, je suis fort là-d'dans. Vous avez pas besoin...

–Non, non, les gars qui ont des troubles de chars, c'est plus que rare. Quand c'est sérieux, y vont à Rimouski, vous pensez b'en. Tenez, hier, y en a un qui a perdu son muffler, son char pétait comme douze canons. B'en y est venu téléphoner là, à côté dans cabine, y s'est fait tirer jusqu'à Rimouski. Personne veut faire confiance à un petit garage de coin de route. Je m'en sacre, je suis tout seul avec ma vieille, je coûte pas cher à vivre.

Janine s'amuse avec les pitons du radio à vendre. Elle fouine partout. Le vieux va derrière son comptoir et sort une petite fiole. Y s'en verse une shot et m'en verse dans un petit gobelet de carton.

–Vous êtes b'en aimable. Ça réchauffe, y a pas à dire.

–Wouan! Dans le pays, on fonctionne avec ça. C'est pas chaud. Une journée de chaleur par ci, par là. Après-midi, ça cuisait pas mal.

–On a manqué ça. Y s'est mis à mouiller juste comme on s'installait.

–Où c'est que vous êtes, au motel du coin?

–Non, non. On a loué un vieux chalet pour la nuit. Viens, Janine. Salut, merci pour la traite!

–Salut! Bonne chance quand même! On sait jamais!

A regrimpe. A bâille. La noirceur est venue vite.

–P'pa, on va-t-y retrouver m'man à salle de danse?

–A doit être revenue.

À moins que le petit vieux du corbillard a pu mettre la main sur les deux femelles. Y les a peut-être traînées de force. Y va aller les déviarger dans un champ, pis y va me les couper en petits morceaux.

J'ai plus confiance trop trop. Si le garagiste dit vrai, j'pense b'en qu'on a pas de chance de vivre comme du monde dans le pays. Une chance qu'y a la lune, la route et noironne. Janine cogne des clous, la tête penchée en avant. Y est temps de la mettre au lit.

En arrivant, les deux fanaux, enlevés aussi à Zotique Racicot, jettent des lueurs par les carreaux. Germaine regarde un journal et suce un petit cream soda, j'en mettrais ma main au feu.

–On a eu peur pour rien, Gilles. Y était là le monsieur de la limousine. Je l'ai vu, lui ai parlé. Un vrai monsieur. Y nous a payé des patates frites. Y nous a fait rire. C'est un voyageur de commerce. Y a connu mon oncle Olivier à Gaspé, dans le temps. Y nous a dit qu'y s'occupe des élections pour les rouges. Y connaît le pays comme le fond de sa poche. Une histoire attendait pas l'autre.

–Un beau parleur!

–Peut-être pas. J'y ai parlé de nous autres.

Y m'a dit qu'y pourrait peut-être te trouver une place à Gaspé. Y m'a demandé qu'on aille le voir quand on sera rendus là. J'ai son nom, pis son adresse, là-bas, y sera au Pic de l'Aurore, c'est une auberge proche de Percé. Si tu voyais comme y parle de la place, un poète!

–Vous avez eu peur pour rien, p'pa, m'man. Y a pas un homme plus distingué que ce monsieur Bouthiller.

–Bon, bon, on verra ça. Va te coucher Murielle.

Albert a décroché une horloge du mur et y joue dedans, comme un docteur dans un ventre. La langue sortie. A se relèvera pas de son opération.

–C'est un vieux journal?

–Je lis pas, je regarde les images. C'est monsieur Bouthillette qui nous l'a donné.

–Bouthiller, m'man.

–Bouthiller, Bouthillette, va te coucher, ma grande. Si tu voyais ça danser, une vraie anguille, ça se trémousse comme une fille de club.

–C'est l'âge des trémoussages. Y sont toutes pareilles.

C'est le silence. Juste le bruit des vagues, broush, broush, en bas, sur la grève. Je jette un coup d'œil dans chambre: Ronald est couché en petit paquet, ses morceaux de bois poli tout autour de lui. Son trésor! Toujours besoin de ramasser, un besoin de pauvres. Albert se met au lit, l'horloge éventrée, les morceaux sur la table.

–Fait-y assez chaud?

–Oui. Tantôt, Murielle s'est mise à écrire une longue lettre à son petit étudiant de Québec. Tu trouves pas qu'ça va vite?

–Eh la la ! Ça commence jeune les sentiments, Germaine ?

–Oui, m'sieur. C'est plus fort que la mort.

–On va la perdre jeune, celle-là, c'est le genre à se marier en enfance, le nombril pas encore sec.

–Fais-moi pas ce peur-là, Gilles !

Germaine a sorti tous les coussins de la remorque. Ça a servi de matelas. Un peu mince. Difficile de s'endormir. Les avertissements du garagiste me trottent dans tête. Germaine a beau poser sa grande main ouverte sur ma cuisse, je bronche pas.

–T'as l'air soucieux, Gilles.

–Y a de quoi !

–Conte-moé ça !

–J'ai jasé avec le garagiste du coin. T'aurais dû l'entendre. D'après lui, on perdra notre temps, le pays est dans misère.

–Voyons, on disait ça aussi dans mon temps, vieille rengaine.

–Ça m'a l'air que ça pas changé.

–Toujours les mêmes qui braillent. Tu vas voir, on va rencontrer d'autres gens pour qui ça marche rondement.

–J'pense pas, Germaine.

–On ira ailleurs, Gilles.

–Où ça ?

–J'sais pas, au Nouveau-Brunswick, aux États-Unis, je peux pas croire qu'on pourra pas se trouver un coin au soleil, qu'on finira pas par s'installer un bon jour. On va pas passer notre vie à déménager. Sais-tu qu'à Montréal, on a changé de maison dix fois. C'est pas correct ça, c'est pas normal, j'suis pas capable d'élever les enfants dans des conditions comme ça.

C'est pas possible. Et pis ça nuit aux études, sais-tu, y a une maîtresse d'école qui me l'a dit.

–Germaine, connais-tu un dénommé Michel Garant?

C'est le silence parfait, à part les vagues, dehors!

–Gilles! Qui t'a parlé de lui?

–Léon. Tu le connaissais, ce Garant?

–Oui. Rolande sortait avec lui souvent.

–Ah! Pourquoi que tu m'en parlais jamais?

–C'était un jeune homme curieux. Y avait des idées pas catholiques. Tu travaillais la nuit les derniers temps et y venait me jaser sur le balcon. Rolande ne l'aimait pas trop. A le trouvait trop agité, fatigant à écouter. Y avait toujours des discours bizarres. Y parlait de faire une révolution. Y faisait partie d'un groupe de jeunes chômeurs de la paroisse. J'me souviens, une fois, c'était au mois de mai, on s'en allait à la procession de la fête-Dieu, on en revenait pas, Rolande pis moé, y s'était mis en colère. C'était la première fois qu'on le voyait si fâché. Y a sorti des affaires sur la religion, j'y ai dit de se taire pis de p'us revenir s'y respectait pas les choses saintes de notre religion. Un drôle de p'tit bonhomme. L'air intelligent, pourtant, mais pas de religion. Oui, oui, un drôle de petit bonhomme, c'est ça. Gilles, tu l'aurais aimé, toé, toujours à discuter, le gouvernement, les propriétaires, les prêtres. Une voisine, madame Béguin, m'avait conté à son sujet que c'était un orphelin recueilli. J'sais pas trop si c'était vrai. Y vivait aux crochets des vieilles filles Dubé, y disait que c'était ses tantes.

–J'ai su, de mon côté, par Léon, qu'y était rendu en Gaspésie.

–Ah oui?

–Oui, à l'Anse-à-Beaufils.

–J'aime autant jamais le rencontrer. Un garçon qui respecte pas les prêtres, qui fait pas de religion, c'est rien de bon. Je suppose que tu vas le rechercher pour en apprendre sur ta Rolande?

–T'as pas besoin d'avoir peur, Germaine, tu le rencontreras pas.

–Veux-tu un café?

–Oui, pas de lait, noir!

A se lève aussitôt et va mettre de l'eau à bouillir sur le poêle qui est rendu rouge à force de le pomper de bois.

–Gilles, tu sais que la police l'a soupçonné, le petit Garant? Y paraît qu'y l'ont gardé deux jours, qu'y l'ont questionné sans bon sens.

–Je savais pas ça. Tu l'as connu assez, penses-tu que…

–Non, c'était peut-être un communiste mais un criminel, non. Y avait l'air honnête. C'est peut-être pour ça, pour son air comme y faut, ses allures de petit gars intelligent que ça me choquait tant de l'entendre dire du mal des prêtres, de la religion. Tiens, ouvre le bocal de café, c'est un neuf.

–Germaine, si on allait faire un tour sur la grève. J'ai jamais vu ça la mer, la nuit, ça doit être impressionnant!

–Je te connais avec tes petits tours de nuit, mon escogriffe.

–Germaine, voyons on gèle à soir. J'aurais pas le front, Germaine. Pis j'ai pas le cœur à fourrer, j'te le jure!

–Juré?

—Juré, craché, la mère. Arrive. Pendant que l'eau chauffe.

On distingue pas grand-chose. Faut aller au bord de l'eau, là ça devient gris, épeurant. A entendre le vacarme, on dirait que chaque vague va venir nous chercher. J'me retourne et je regarde la petite maison de bardeaux qui fume, ses carreaux jaunis par les lueurs du fanal qui est sur la table. Je trouve ça réchauffant, c'est même pas à nous autres. Le propriétaire de la cambuse pourrait rebondir et nous chasser comme des voleurs. Germaine a raison, on va-t-y s'installer, un beau jour ?

—Germaine, j'sais pas pourquoi que tu m'laisses pas là. Que tu m'endures, moé, un fainéant, un gars jamais capable de se placer une bonne fois pour toutes. Tu devrais me planter là. Je braillerai pas, Germaine, laisse-moé donc là, partez demain matin, à quoi je te sers ? J'sus rien qu'un embarras, un enfant de plus, un enfant de trop !

—Tais-toé donc.

—C'est vrai Germaine, j'suis pas un homme pour toé. J'suis rien qu'un chômeur. Quel fun que t'as eu avec un fou braque comme moé. Rien que de la misère, des larmes, des guenilles, jamais manger à votre faim. À quoi que j'sus bon, batèche, à rien ! Suis rien qu'un embarras. Tu t'débrouillerais b'en mieux sans m'avoir dans les jambes.

—Parle pas comme ça, Gilles.

—Parle pas comme ça, parle pas comme ça, c'est la vérité ! Faut regarder les choses en face, de temps en temps. Sacrez le camp, Albert sait chauffer le bazou. Je m'étendrai là su' la grève, j'me laisserai crever comme un chien que j'suis, les vagues me laveront.

Ce sera fini. Un jour tu reviendras avec le petit que t'as peut-être dans le ventre. Y se penchera pour ramasser mes os b'en lavés pour s'en faire des p'tits bateaux, comme Ronald.

– Veux-tu b'en te taire.

– Non, j'me tairai pas, pour une fois que j'vois clair, pour une fois que j'trouve le courage d'ouvrir les yeux. J'suis rien qu'un déplacé, j'ai une tête de cochon, ouais, ouais, y avaient raison les foremen, les chefs d'ateliers, j'ai une tête de cochon, je veux jamais me ranger, Germaine, je veux rien qu'en faire à ma tête, j'sais pas ce que j'ai, je sais pas pourquoi, je suis bâti comme ça, croche. J'ai plus confiance, je te dis la vérité, je sais p'us quoi faire, Germaine, j'ai pas envie de recommencer, d'essayer encore de m'installer. Germaine, j'aime autant te le dire, j'suis au bout de ma corde. Au bout! C'est fini Gilles Bédard, fini. T'es mieux de me planter là. T'es mieux de m'barrer sur ta liste. Je vaux pas une cenne!

– Tais-toé donc.

A était assise sur une grosse bûche coupée. A regardait la mer. A me regardait pas. Je l'ai jamais vue si calme. Avait l'air sûre d'elle. Chaque fois que j'ai claqué, c'était comme ça, a restait calme, certaine que c'était une p'tite crise.

– Germaine, pense pas que je traverse une autre petite crise. J'sus sérieux, ce coup-là. J'ai p'us confiance, Germaine, c'est la fin du rouleau, Germaine. C'est trop, c'est trop, je me relèverai pas, Germaine. Partez, va-t'en dans ton village, Albert sait chauffer. Y a des allocations du gouvernement pour les Gaspésiens, pas vrai. Le curé de la place t'aidera, le maire aussi, je suppose, et votre bonhomme Bouthiller. Germaine, je te le dis, embarrassez-vous pas plus longtemps d'un incapable. Regarde-moé comme faut.

L'eau des vagues monte, ça y touche les semelles de ses sandales vertes. A bouge pas. A regarde la mer, l'horizon, l'avenir, ma foi du bon yeu, l'avenir. Ça doit être gris comme l'eau, noir comme le ciel, l'avenir pour elle. A se lève, se retourne, regarde du côté de la route. A marche un peu, là, j'ai peur qu'a rentre, qu'a les réveille, toute la gang, qu'a rhabille les petits pis qu'y partent, qu'y me laissent là comme un vieux crabe pété.

– Germaine!

A bouge plus. Figée, derrière mon dos, retournée.

– Germaine!

Je me lève, je vas vers elle. J'y retourne la face, j'veux p'us qu'a s'en aille. Ses larmes coulent!

– Germaine, pleure pas, Germaine! Je veux p'us... donne-moé encore une chance.

– Viens-tu prendre ton café? L'eau doit renverser.

A renifle. A tire sur son châle, ses doigts tremblent. Est nerveuse, a de la peine, le cœur gros sur le bord des lèvres.

– Germaine, laisse faire le café... Oui ou non? J'ai pas raison?

– Écoute, Gilles Bédard, écoute, tu perds ton temps, plus tu te dénigres, plus j't'aime.

A éclate. Les larmes roulent, les larmes roulent. A reste plantée là, debout. On se regarde. A serait peut-être devenue une catin, peut-être aussi qu'a aurait rencontré un vieux riche, était assez belle pour le genre, peut-être qu'a serait heureuse aussi, on sait jamais.

– Germaine, t'es pas heureuse avec moé?

–J'le sais pas. J'sais pas ce que c'est, de quoi tu parles! Je mène la vie que j'aime, je mène une vie ordinaire. On est pas riches, pis après? Les enfants sont en santé, non? J'sais pas ce que ça veut dire «être heureuse». Peut-être que oui, j'sus une femme heureuse, peut-être que oui. Ça me dérange pas. J'me pose pas tant de questions, je te suis. On te suit, Gilles. On a confiance. Un jour ou l'autre, ça va se tasser. Y doit y avoir une limite. Ça peut pas toujours être les mêmes qui en arrachent.

On a sorti le café. J'ai fait un feu sur la grève. On a étendu nos couvertures. Germaine me chante des chansons du temps de la guerre, des chansons qu'a oubliera jamais à force de les avoir écoutées chez Roxy, à cœur de jour. Quand a s'arrête, on écoute les vagues rouler. Le feu s'achève. Je veux chercher du bois.

–Non, reste là, Gilles.

A les yeux brillants. Je la regarde faire. A approche ses mains, ses deux mains. C'est comme deux oiseaux blancs, deux mouettes. Ça y prend pas de temps quand y lui pique une envie, ça y prend pas de temps. A tient mon manche entre ses doigts, comme si c'était fragile, de luxe! J'aime sa caresse, j'aime sa manière de me regarder dans ce temps-là. Son petit sourire gêné. Quand a se penche, y me semble que la queue va me partir en l'air, y me semble que la terre va défoncer, que je vas perdre connaissance. J'ai le vertige à me voir embrasser de même, à pleine bouche, le vertige, c'est pas autre chose. J'y dis tout bas:

–Germaine, tu me fais mourir avec tes caresses!

Les Méchins, les Méchants

Quand le soleil s'est levé, les petits se sont levés aussi. Y est pas sept heures du matin! De la véranda, je regarde Ronald, Janine et Murielle qui arpentent le bord de l'eau. Sans déjeuner, y se sont jetés dehors. Sont certains d'y trouver des trésors rapportés par la mer pendant la nuit. Le petit a crié en se levant:

– J'espère qu'on verra un requin à matin!

Ronald était tout excité. Je le regarde qui inspecte le large, sa petite main au-dessus des yeux. Murielle marche pliée en deux, ses yeux fouillent dans les cochonneries du bord de l'eau. Y vont lentement vers la plage de sable du côté de l'hôtel.

– Y reviendront même pas déjeuner!

Germaine me fait rôtir des tranches de pain sur le poêle. A sorti du linge nouveau pour son homme, une chemise propre à grands carreaux de couleur. Je me rase et a me dit:

– T'as pris l'eau chaude du Nescafé. Je vas en faire chauffer d'autre.

Albert dort, mer pas mer, son sommeil ça passe avant tout, c'est sacré! C'est l'âge, y paraît. Les adolescents, ça pousse en dormant.

– Pas de soleil encore, pas de chance, Gilles.

–Bah! Y vont moins kicker pour continuer la route.

Y avaient arraché les sacs de plastique de Steinberg des mains de Germaine pour ramasser leurs fameux trésors. A sait p'us où mettre ses affaires, pauvre mouman!

–As-tu dormi comme faut, Gilles?

–Oui, oui. Je regrette pour ma petite crise. À matin, ça roule dans l'huile. Parfait!

On s'étaient endormis collés ensemble. C'est en pleine nuit qu'on s'est réveillés, grelottants comme deux chats perdus. On est rentrés en vitesse. Y restait trois gouttes d'eau dans le canard sur le poêle qui s'était éteint.

–On est loin de Bonaventure encore?

–On est même pas arrivés à Matane, et Matane c'est encore loin de Gaspé. Ma foi, Germaine, y me semble qu'on arrivera jamais, que c'est au bout du monde ta Gaspésie, au bout du monde!

–Ma Gaspésie? Ma Gaspésie? C'est pas « ma » Gaspésie.

–Tu m'as pété les oreilles pendant dix ans avec ta Gaspésie. « En Gaspésie, on faisait ci, on faisait ça! Chez nous, en Gaspésie, on faisait cuire la soupe comme ça, on nettoyait le poésson comme ça. » Y faisait toujours beau, tout le monde était intelligent, les parents savaient élever les petits, les hommes buvaient pas!

–Gilles, t'exagères toujours. Tu comprends, c'est tout ce que j'ai connu. P'is au fond, c'est que je voulais me souvenir, je voulais me rappeler que j'avais été heureuse, c'était ma façon de parler de mon jeune temps.

–T'as eu une belle enfance, Germaine, non?

–Oui, c'est vrai. C'est comme un grand livre d'images. Les bancs de neige énormes dans les rues du village, la forêt pas loin, les légendes, nos jeux, le grand traîneau, nos parties de billes, les excursions de chasse et de pêche; mon grand-père nous emmenait souvent. C'est plein de monde, mon enfance, plein de bonnes faces, faces de nos vieux à Bonaventure, visages de ma mère, de mes tantes, de mes sœurs. Y semble qu'on riait tout le temps, que le temps passait lentement comme si on était assis sur un beau nuage blanc, comme dans un rêve. Et pis, crac ! Quand ma mère est morte, mon grand-père s'est découragé. On est allés revoler chacun dans son coin, les petites dans région, moé dans un couvent où j'ai commencé à souffrir, à pâtir. Les religieuses s'acharnaient sur les petites pauvres qui payaient pas, nous faisaient trimer comme des animaux. J'ai déserté pour devenir la petite waitress au Roxy Snack-bar. C'était tout le contraire de mon beau nuage blanc. J'étais pitchée en dehors du livre de contes merveilleux.

–On va aller le revoir, ton beau livre d'images, Germaine.

–Bah, j'sais b'en que je reconnaîtrai p'us mes belles images. C'est comme ça, les souvenirs d'enfance, ça exagère toujours, ça embellit.

Les p'tits ont fini par revenir. L'estomac trop creux. Y veulent nous montrer leu' bébelles mais Germaine donne des ordres et y faut qu'y mettent tout ça dans remorque. Ça parlait d'éponges de mer, de crabes vivants, de bigorneaux bons à manger, d'étoiles de mer. Ronald avait vu des pieuvres, douze requins au large, cent baleines ! Y se sont mis à table. Tout un pain tranché y a passé et le pot de confiture s'est vidé net.

J'ai bu un troisième café, debout, pendant qu'Albert, lentement, a rembarqué les couvertes, les oreillers dans le trailer.

Ronald a trouvé un chien, mais une bonne femme s'est amenée par-derrière en criant. C'était son chien. Ronald lui a fait une grimace de douze pieds de long. Murielle raconte à Germaine que le vieux Bouthiller lui a fait de grands saluts du balcon de l'hôtel, qu'y la suivait partout avec une paire de longues-vues.

– Je vas aller y écraser ses longues-vues dans face, moé !

Voyons, son père, fais-en pas un drame.

On traverse Mont-Joli, Matane. À Grosses-Roches, ça se met déjà à chialer qu'ils ont faim. Des enfants, c'est des estomacs, des tripes toujours vides montées sur deux pattes. J'ai jamais vu ça. La boîte de biscuits à mélasse circule.

– Les Méchants, as-tu vu ça, Albert ?

– Tu sais pas lire, pauvre Murielle ! Les Méchins, c'était marqué, Les Méchins, tu sais pas lire ?

Albert fait le smart.

Un gros camion bleu, marqué Télévision, bloque la route. On nous fait signe d'arrêter. On nous entoure. Y a des fils électriques qui traînent sur le chemin. Des spotlights dans un champ. Un petit homme à moustache approche du char. Y regarde dedans ! Y se penche ! On le regarde, nous autres aussi. Les yeux lui agrandissent. Y se met à crier !

– Louis-Georges ! Louis-Georges ! Viens voir ça, viens vite !

Un grand tata s'amène aussitôt. Y regarde dans le bazou à son tour. Lui aussi, y en revient pas. Sont malades !

– C'est pas croyable. C'est à vous ces enfants-là ?

– Non, y tombent du ciel !

Les deux types partent à rire. Y ouvrent les portes.

– Descendez, on va vous expliquer.

Je descends. Le petit noir à moustache se penche et regarde ma Janine, pis y va examiner le Ronald. Y est b'en malade !

– Ça serait parfait, parfait, sensationnel, Louis-Georges !

– On cherchait deux petits blonds pour notre film. Vous arrivez juste à point. C'est merveilleux, vous nous sauvez la vie !

Y me fourre une tape sur l'épaule.

– Vous êtes pas trop pressé, monsieur ?

– B'en oui, justement. On s'en va en Gaspésie, pis on est pas rendus.

– Une heure ou deux, pas plus. Vous nous rendriez un énorme service. Julien ! c'est un miracle. Dieu existe ! Dieu existe !

Y m'prend par le bras, y me serre, comme s'y avait peur que j'me sauve. Germaine, effarouchée, donne la main aux deux petits et reste figée au milieu du che-min.

– Croyez-le ou non, on n'a pas pu trouver deux petits blonds, ici, aux Méchins ! Ils ont juste l'air qu'il nous faut. Hein, Julien ?

– Je te le dis, c'est un miracle, Louis-Georges. C'est le ciel qui vous a envoyés !

– Minute ! Minute ! J'ai pas deux heures à perdre et les enfants ont faim.

– Ça, on va régler ça, tout de suite.

Le petit à moustache, Julien, nous entraîne vers une station-wagon. Y installent une table pliante,

sortent des sandwiches, y a une fille qui verse de l'oran-
geade dans des gobelets de carton, offre un café à Germaine qui aurait préféré un petit cream soda, c'est
certain. Le Louis-Georges en question m'offre une
bière.

– Qu'est-ce que vous voulez qu'y fassent, mes
enfants ?

– Pas grand-chose. On va leur expliquer ça. Mon
assistante est parfaite avec les enfants. Solange, y a pas
plus maternelle !

Y s'en va discuter avec le gros derrière le kodak.
Une grande fille aux cheveux coupés à la garçonne,
lunettes fumées sur les yeux, fait manger les petits.
Murielle mange ses sandwiches debout et n'a pas assez
de ses deux yeux pour regarder les acteurs, les actrices.
A les reconnaît et chuchote les noms aux oreilles de
Germaine. La mère est fière, ses petits sont des vedettes !

Un grand gars blond-blanc, avec une chemise blanche d'infirmier, s'approche du petit avec un pinceau et
des tubes de couleurs. Ronald le dévisage, le blond lui
fait de petites risettes et se met à lui peinturer les sourcils,
les joues. Ronald rit. Albert, sandwiche dans la gueule,
tourne autour du kodak sur pied, examine les spots, va
fouiner vers un petit vieux, le visage plein de boutons qui
a des oreilles de plastic noires sur la tête. Y en a pour son
argent ! Y sont mieux de watcher leurs instruments, y
pourrait tout démonter ça en pièces détachées.

Y font approcher un vieux cheval gris, un percheron de cent ans qui tire une pleine charrette de foin. Y
a deux individus qui grimpent, un avec Ronald sous
son bras, l'autre avec Janine. Suçons dans le bec, y se
laissent faire, sourire aux lèvres. Y sont aux anges !

– C'est pas des petits peureux, vos deux mômes ?

–Non, c'est pas des peureux. On les a pas élevés dans ouate.

La Solange aux lunettes fumées serre, sur sa poitrine plate, une pile de paperasses, a porte une espèce de montre-patate accrochée au cou.

–Vous signez là et là, m'sieur Bédard.

A me présente des paperasses imprimées, roses, jaunes, vertes, l'arc-en-ciel!

–Signer quoi? Pour quoi faire?

–On va vous faire parvenir un chèque, mettez votre adresse, s'il vous plaît.

–Mon adresse? On a pas d'adresse.

–Comment?

–Oui. On est pas installés encore. On s'en va vivre en Gaspésie.

–Ah!

A enlève ses lunettes noires, a de beaux yeux doux, a me regarde comme si j'étais une bête curieuse. Un homme pas d'adresse, c'est toujours curieux, c'est toujours embêtant.

–Combien ça peut payer c't'histoire-là?

–Je pense que vous recevrez vingt dollars, dix dollars pour chaque enfant. Faudra peut-être reprendre la prise trois ou quatre fois. Ça peut durer une heure. On va essayer de faire vite.

–Vingt piastres?

–Oui. On donne moins d'habitude. On peut pas faire mieux.

–J'ai pas d'adresse.

–Attendez, on va pouvoir arranger ça.

A va vers le Louis-Georges qui a le nez derrière le gros kodak. A revient, avec sa montre-patate qui se balancigne entre ses deux p'tits jos de laine bleue.

–On va vous payer en argent et vous signerez un papier pour attester de la somme versée, comme ça, le réalisateur pourra se faire rembourser.

–Bon j'aime mieux ça. Y a pas de danger pour les petits sur ce tas de foin, là-haut?

–Aucun danger, ils sont attachés, ça se voit pas.

– « Silence. Moteur » gueule le Julien moustachu qui se démène, va partout, fouine à gauche, à droite, nerveux comme un écureuil.

Germaine a les yeux brillants. Ronald lui fait des grands saluts des deux mains, la Solange lève les bras au ciel.

–Coupez.

Le petit écureuil à moustache grimpe aussitôt sur la charrette et explique aux petits de pas regarder la mère.

– « Silence. On tourne. »

Y en a un qui fait battre ensemble deux bouts de planche. « Scène 28, prise 2. »

On apporte deux sandwiches au jambon à ma Germaine. A se croit une reine. Ça se voit. A remercie avec son plus beau sourire. Tabarnac, v'là mes enfants déguisés en acteurs, j'aurais jamais cru ça. Je vas me servir dans le paquet de sandwiches. On me débouche une autre bière, on m'offre une cigarette. C'est la belle vie!

–Vous avez de beaux enfants!

–Y paraît.

C'est le grand blond avec ses pinceaux, tout sourire.

–En vacances?

–Non, oui, oui, petites vacances.

–La Gaspésie!

–Oui, la Gaspésie à Germaine... ma femme.

–Ah! Vous allez voir, c'est un beau pays. J'y vais chaque année. Aussitôt après le tournage, je file à Percé. C'est le plus beau coin de la terre; théâtre, expositions, boîtes de chansonniers...

–Hanhan!

–Pensez pas trop à vous baigner. C'est froid.

–J'y pense pas trop. J'y pense pas trop. Où c'est qu'y s'en vont?

Un des hommes mène le cheval, fait tourner la charrette de l'autre côté. On fait descendre les petits. On renverse le foin sur le bord de la route. On dételle la picouille. À quatre, y font verser la charrette dans le fossé. On installe les petits par terre, dans le foin. Ronald a du fun comme dix, Janine fait des bonds, lance du foin en l'air. Y sont entourés comme des monarques. Suçons, pommes, cornets de crème à glace, ça circule autour.

–Bon, écoutez les enfants, vous riez pas, pas du tout. Il est arrivé un accident. Vous voyez, la charrette est renversée. Vous avez peur de vous faire disputer. Prenez un visage grave. Grave, vous entendez? Vous comprenez le jeu?

Le Louis-Georges en question s'explique tant qu'y peut, les petits l'écoutent même pas. Y continuent à jouer. La Solange aux yeux doux vient me trouver:

–Venez expliquer vous-même à vos petits ce que nous attendons d'eux. Ils doivent avoir l'air ennuyés, ils doivent paraître effrayés. Vous saurez mieux leur expliquer ça que ce pauvre Louis-Georges.

Ça me gêne. Y sont tous là autour de nous autres, comme des mouches. Le blond en jaquette blanche vient encore leur peinturer le visage. Y se laissent faire. Y comprennent pas trop ce qui arrive.

–Voyez-vous, les enfants, c'est pour une histoire, la séance veut que vous ayez l'air choqués. Ayez l'air b'en fâchés de voir le dégât, la charrette à l'envers, le cheval dételé qui s'en va !

Germaine rit. Y prennent des petites faces de clowns.

–C'est bien, ce sont de bons comédiens, vos enfants.

Germaine est fière, a remercie des yeux ces bonnes paroles du petit écureuil moustachu. Le gars du kodak discute, on installe deux grandes feuilles de tôle autour des petits. Y sont aveuglés. Janine se met à chialer ! Ronald la regarde, le visage long. Cette histoire d'accident pour rire les a effarouchés. Germaine les console. Deux autres suçons. On leur enlève les suçons. Janine veut plus jouer à ce jeu-là. Faut que je m'en mêle. Petite tape. Larmes, crise de Ronald qui veut monter sur le percheron dételé, qui veut un fusil. Y lui trouvent un fusil, un chapeau de cow-boy, y pourraient y trouver la lune, je sais pas comment y font. Ça finit par finir, enfin !

En route. Le soleil se montre. Ça a pris trois heures, ces simagrées-là. Cap-Chat, Sainte-Anne-des-Monts, les villages défilent comme aux petites vues. Le soleil brille à mort. On a jamais rien vu de si beau. Oui, c'est mieux qu'aux petites vues, cent fois mieux ! Les enfants regardent la mer qui longe la route. La route est comme une grande passerelle de bateau, accrochée aux flancs des montagnes. C'est plein de moutons blancs sur le fleuve, ça fait pâmer Germaine.

Rivière-à-Claude, Gros-Morne, Manche d'Épée, dans chaque trou qui rentre, dans chaque racoin, un village, des maisons en couleurs comme sur les pages des magazines. Des vigneaults et des filets de pêche pendent aux clôtures. Des barques, c'est plein d'allure. Une vie en couleurs. Entre chaque village, toujours la belle passerelle, la fameuse route accrochée aux flancs des montagnes qui coupent carré.

Les enfants sont silencieux comme on les a jamais vus.

– Regarde p'pa, les petits ruisseaux qui déboulent d'en l'air !

On regarde les petites chutes d'eau qui coulent sur les rochers chocolat et rouge brique.

– Regarde, p'pa, un bateau là-bas.

Y en manquent pas un. C'est un vrai film, un vrai. Y sont aux oiseaux, y battent des mains.

– Est-ce que c'est à nous autres, ce pays-là, p'pa ?

– Oui, Murielle, c'est notre pays, ça aussi. Beau pays, grand pays.

Germaine suit des yeux deux grandes mouettes qui planent.

Petite-Madeleine, Pointe-à-la-Frégate, Cloridorme, un village à chaque détour quand on laisse la passerelle, c'est toujours comme des décorations. On dirait des peintures. Les vagues grimpent souvent par-dessus la route.

– Un vrai voyage en bateau, han p'pa ?

– C'est mieux encore qu'un voyage en bateau !

On fait un autre stop. Albert est toujours en train de pisser.

Un après-midi de rêve, c'te bout de pays, un après-midi de rêve. Deux petits garçons viennent nous rejoindre. Je fais le tour de la brouette, rien n'est perdu. Ça tient en place.

– Voulez-vous acheter un bateau, m'sieur ? On les fait à main, nous-mêmes.

Y sont en guenilles. Y ressemblent aux petits voyous de la rue Drolet, de la rue Henri-Julien, de la rue Saint-Dominique, de la rue Clark. Y appartiennent pas au paysage. Y détonnent.

–Pas cher, m'sieur. Fait tout à main, m'sieur.

Ronald me tire la manche, les yeux sortis de la tête :

–Envoye donc p'pa, le grand, le grand à trois voiles !

–Combien ?

–Le grand ?

–Vouai.

–Deux piastres.

Germaine s'approche.

–Pis Gilles, c'est-y un beau pays, ma Gaspésie ?

–Oui, oui, Germaine, c'est le plus beau pays du monde, ta Gaspésie. Es-tu contente là ?

Albert et Murielle font de l'escalade.

–Voulez-vous vous tuer ? Hein, êtes-vous devenus fous ? Gilles !

–Y se tueront pas. Y sont agiles comme des lièvres. Regarde-les.

–Descendez, plus vite que ça ! Y vont me faire mourir, Gilles !

–Germaine, meurs pas pis crache deux piastres pour le grand bateau gossé à main pour Ronald.

–Eh, eh, on est pas millionnaires, mon vieux.

–M'man, envoye donc, ça sera mon cadeau. Ça va être ma fête dans pas longtemps.

–Crache, sa mère, pour un p'tit artiste de la télévision.

Germaine me regarde en souriant. A crache le deux piastres. Les deux petits vendeurs s'en retournent tout contents.

Murielle les regarde partir et me souffle:

—On pourra vendre des petits bateaux nous autres aussi, p'pa.

Ronald court s'enfermer dans le char, son beau bateau serré contre lui. Fou comme un balai. Janine a ramassé une chaudière et va chercher de l'eau au pied des chutes qui forment comme une source.

—Bois pas ça, ma petite venimeuse, on sait jamais.

—Voyons Germaine, de l'eau de source, c'est pur, non?

—Y peut y avoir du fer, des microbes, on sait pas.

—Ou! ou!

Albert est déjà presque rendu en haut du rocher.

—Gilles, y vont me faire mourir. Albert, c'est assez, r'descends.

—Albert, descends, on repart.

Le soleil baisse. On voit de plus en plus de mouettes.

—Examine la carte, Albert, voir si on est encore loin de Bonaventure-à-ta-mère.

Albert ouvre une carte comme vieux loup de mer. Ronald, à genoux, nous tourne le dos et admire son voilier contre le châssis d'en arrière.

—Maudit! Oui, p'pa, c'est loin. Faut faire tout le tour, c'est de l'autre côté d'où on est.

Pointe-Jaune, Rivière-au-Renard, l'Anse-aux-Griffons, toujours des petits villages qui sont de plus en plus beaux à mesure que le soleil descend. Des barques aux quais, des pêcheurs qui fument, qui plient ou déplient de longs filets, qui attachent les barques.

Ça m'énerve, à mesure que j'approche de mon vrai but, ça m'énerve. Je voudrais pas. J'aimerais autant pas. Je voudrais me voir ailleurs, dans un autre coin du pays. « Michel-Garant-Anse-à-Beaufils. » Ça me trotte dans le ciboulot. Je voudrais pouvoir oublier cette sale histoire. J'peux pas. J'ai le visage de Rolande qui me trotte dans la tête.

–Va falloir souper quelque part, son père. Ça fait des heures qu'on roule.

–On va s'informer.

Deux gamins se tiraillent près d'un petit pont de bois.

–Y a-t-y une place pour pique-niquer pas loin ?

–Ouais ! À Grande-Grève, y a des tables, un chalet. Ça s'appelle Bon-Ami, c'est sur le cap, en haut. Avez-vous une tente dans vos bagages ?

–Non.

–Vous êtes pas des vrais campeurs ?

–Non.

Murielle débarque :

–P'pa, j'aimerais ça avoir un filet de pêche, regarde, c'est plein sur la clôture, là.

–Vous avez pas un vieux filet de trop ?

–Quelle sorte de filet, m'sieur ? Un vigneault ?

–N'importe. Un qui sert pas.

–Y servent toujours, m'sieur.

–Bon. Vous en vendez pas ?

–Faudrait voir le père Rémillard, c'est à lui. Voulez-vous qu'on aille le chercher ?

–Dérangez pas, dérangez pas.

–Viens, Murielle, on en retrouvera à Gaspé, c'est pas loin loin.

Germaine sirote son petit cream soda. Je l'ai jamais vue les yeux si clairs. Ça doit être tous ces paysages de mer, d'oiseaux, qui éclairent sa face.

–Pis, mon Gilles, y a-t-y une place pas trop loin ?

–À Grande-Grève, le Parc Bon-Ami, c'est avant d'arriver à Gaspé, qu'y disent.

–Bon. J'espère qu'y a un restaurant.

–Ça doit.

–J'achèterai de la liqueur et des tablettes de chocolat, après tout, on a rencontré une bonne manne, sur not' route, avec la télévision.

–On est des acteurs de la télévision, nous deux, hein Janine?

–Oui, des vrais de vrais.

–On aurait pas dû vendre not' télévision, Gilles, on les aurait vus.

–Bouah! Y savaient même pas eux-mêmes quand ça va passer, t'as vu? Y pouvaient pas dire quand! Des fois, y ont dit, ça prend deux ans avant de voir ce qu'on fait dans l'air.

–Dans l'air.

–Wouan, y disaient: «Dans l'air», t'as pas entendu c't'expression-là?

–À Grande-Grève, je connais un gars qui va faire pipi.

Albert grogne, y partent tous à rire.

Cap Bon Ami

C'était beau mais c'est fini la passerelle le long de la mer. C'était beau, fixe, ça changeait pas. C'était comme un film qui recommence tout le temps : la passerelle, un trou, une baie avec un village dedans, autour du trou, des beaux noms de village, des noms toujours en français, Germaine et Murielle l'ont remarqué. Et le film s'est cassé. On est passé du bleu clair au vert sombre. Plein de sapins, plein de bouleaux malades, morts !

On a grimpé vers la forêt, en montant, en montant toujours. Et on a découvert le spot organisé pour les voyageurs. Cap Bon Ami. Les deux bécosses aux portes arrachées, les murs remplis de noms gravés, d'insultes, de dates et d'adresses ! Albert s'est jeté dans une des deux bécosses en arrivant, comme de bien entendu. En dessous d'une espèce de montagne de poutres de bois, contre le soleil, y a des grosses tables de pique-nique. Les enfants courent tout autour du terrain, grimpent sur les barrières de troncs d'arbres et se montrent les bateaux au large, en bas, sur le fleuve, c'est le golfe, l'océan. On voit pas l'autre côté, tellement c'est large. On voit pas Anticosti.

Y a un petit restaurant. Germaine y va en traînant sa Janine par la main. Ronald est encore grimpé sur mes épaules, je sors tout ce qu'y faut pour manger. Je débouche une des petites fioles de bière que j'ai reçues en cadeau des gars de la télévision. Ronald m'arrache la bouteille des mains et s'en verse de grosses gorgées. Y reçoit aussitôt sa récompense, les cuisses y rougissent.

On a mangé du poésson acheté sur la route. On l'a fait cuire dans le grand foyer de pierres de la place. On a fait ça vite. Le soir tombe et y fait pas chaud déjà.

Maintenant, on roule vers Gaspé. Le soir est de toute beauté. On pourra coucher à Bonaventure, je le souhaite. On va essayer de retrouver un parent de Germaine, une place pour dormir. Et... pendant la nuit, je partirai à la recherche du petit écœurant. De ce Michel Garant. L'Anse-à-Beaufils, c'est pas loin de Bonaventure. J'approche de mon but, Rolande, tu seras vengée, nettoyée.

–Albert, check donc sur la carte, Bonaventure, c'est-y loin de Gaspé.

–Oui, p'pa. Un bon bout.

–Han ? Vois-tu ça, l'Anse-à-Beaufils, dans ce coin-là ?

–L'Anse à quoi ?

–À Beaufils, Beaufils, es-tu sourd ?

–Je l'ai. C'est juste en dessous de Percé, juste à côté, un peu plus loin.

–Loin de Bonaventure ?

–Bonaventure... Bonaven... Oh oui, p'pa, c'est pas mal plus loin, le Bonaventure-à-mère, pas mal plus loin.

Bon, on couchera à Percé. Tant pis pour Bonaventure. Je louerai un chalet, une cabine, un motel, un château, un palais. Je payerai ce qu'y faudra. Y m'échappera pas. Je pèse su'l'gaz. Y m'échappera pas. C'est Rolande, ma Rolande qui le commande. Œil pour œil, dent pour dent, mon petit tabarnac, tu vas y goûter.

–T'as b'en l'air enragé, mon Gilles ? Va pas si vite !

–Non, Germaine, non. C'est que je me demande si on ferait pas mieux de s'arrêter passé Gaspé, dans le bout de Percé. Bonaventure, c'est loin et les petits sont fatigués, Germaine.

–C'est le pain, y était pas frais.

–Y a pas assez de touristes encore, y vendent pas l'diable.

–C'était peut-être du pain de l'année passée, hein, p'pa ?

–Voyons, Murielle !

–Je l'ai sur l'estomac, j'pense que je vas vomir.

–C'est le baloney qui passe pas, pas le pain. Du pain ça passe toujours.

–Écoutez, vous autres, la remorque c'est pas un frigidaire.

–Fâche-toé pas, Germaine. On te reproche rien.

A s'ouvre un cream soda. Janine s'endort, bâille, bâille, s'étire, s'étire à en plus finir. Une petite chatte blonde. Albert, la langue sortie, tâche de défaire des jeux d'anneaux, des jeux de patience. Y a trouvé ça dans un tiroir de la commode dans la remorque. Murielle chantonne un air à la mode pour la centième fois :

–Change de toune, Murielle, tu m'endors.

–P'pa, c'est pas pour m'endormir que je chante, justement. L'air est trop grand en Gaspésie, on s'endort à sept heures. Tu devais te coucher de bonne heure, m'man, quand t'étais petite.

–On se couchait avec la noirceur, on se levait avec la clarté, c'est pas mêlant. Veux-tu finir mon cream soda?

Murielle vide la bouteille, se jette par en arrière et ferme les yeux. C'est ça. Tout le monde s'en va, y partent en voyage! Bon voyage. À moé, y me reste la route à guetter. J'me sens tout seul, plus seul que je l'ai jamais été. Y a que je me rapproche de l'autre, du petit écœurant qui a osé. Ça me sépare de la famille. Faudrait absolument que je trouve un coin. Gaspé! C'est Gaspé. On y est enfin. Gros village! Des chars plein les rues, ça fait un bout qu'on a pas vu ça. Germaine dort pas, a se soulève:

–C'est pas Gaspé ça, Gilles?

–Oui, c'est Gaspé.

–C'est fou, hein, on dirait que je l'ai senti. Je pourrais pas me souvenir de rien, pourtant je l'ai senti. Gilles, on doit avoir comme des images restées calées dans le fond de la tête. Je pourrais pas dire pourquoi, pis pourtant j'aurais juré que j'étais déjà venue dans c'te place-là. C'est curieux ça, hein, Gilles?

–Ça arrive.

–Non, non, c'est pas juste une impression. C'est plus fort que ça. Plus fort que ça. J'aimerais ça qu'on arrête un peu. Y me semble qu'y a des affaires qui vont me revenir.

–Bon, si tu veux.

Aussitôt arrêtés, y se réveillent en gang, d'un coup sec. Albert bâille:

–Où c'qu'on est? Pas à Bonaventure-à-mouman?

–C'est Gaspé.

–Ah! Gaspé, ça me dit rien.

–C'est la plus grosse place de toutes, pis tu devrais savoir ça, Gaspé: Jacques Cartier, Champlain, Maisonneuve, viarge, as-tu étudié ton histoire, qu'est-ce qu'y t'apprennent à l'école, un gars en sixième année?

Tout le monde débarque, on va se dégourdir les quilles. Janine et Roland se sont collés sur leur mère. Y gèlent, y frissonnent, c'est comme ça quand on dort en roulant. La mère marche en avant, sur le trottoir de la rue principale. Murielle suit en arrière. La mère est fière. À fait comme un retour en arrière dans son enfance. Pis est fière de montrer sa progéniture.

Albert fait le tour de la remorque.

–T'as un pneu pas mal mou, p'pa.

–Toujours le même, en arrière?

–Ouais.

Y marche à mes côtés, on suit la troupe des femelles.

–P'pa, y a un affaire que je t'ai jamais dit.

–Quoi donc?

–B'en, une idée qui me trotte dans tête depuis un grand bout de temps.

–Quand ça?

–J'sais p'us. Ça fait longtemps. Quand vous serez installés comme faut dans le pays, je m'en irai, p'pa!

–Où ça?

Y me demande une rouleuse. J'y en roule une. Y l'allume.

–J'sus p'us enfant, p'pa. J'pense que je pourrais me débrouiller.

–Crache, crache, qu'est-ce que tu veux faire?

–Écoute, je dois tenir ça de m'man ou de son père qui était pêcheur… J'ai bien envie de m'embarquer. Devenir matelot.

–Matelot?

–Ouais, matelot, marin. Voyager. Quand j'ai aperçu la mer, à Sainte-Luce, hier, ça m'a donné comme un coup de fouet, ça pinçait en maudit. Là, j'ai vu clair, plus clair, p'pa. J'ai toujours eu le goût de voyager, tu l'sais ça, j'étais toujours parti à gauche, à drette. Tu l'sais. J'ai des fourmilles dans les jambes.

–Voyager?

–Ouais. Voyager, voir du monde, voir des pays, changer d'air. C'est un métier qui me ferait du bien. Penses-tu qu'y a une place pour devenir marin?

Y fume mal, sa cigarette est toute mouillée, toute décocrissée. J'y regarde les jambes, des grandes jambes de guenille, un grand cou avec sa petite tête sortie de son chandail, une petite tête avec deux petits yeux vifs. Y le sait pas mais j'ai donc rêvé de voyager, des mers lointaines, des îles inconnues, des pays étrangers, oui, oui, changer d'air, comme y dit.

–Vois-tu, l'père, j'suis en embarras, je réussis pas à l'école, j'ai de la misère à apprendre, c'est effrayant, c'est parce que ça m'intéressait pas. Sur un bateau, un vrai, je pourrai apprendre, apprendre tout ce qui est nécessaire à un bon marin.

–On en reparlera, v'là ta mère, parle pas de ça, ça pourrait y faire de la grosse peine. Tu sais, ses enfants, c'est de l'or en barre!

–Ouais, ouais, j'sais.

–Gilles, la petite a des frissons et Murielle digère toujours pas.

–Bon, on va trouver une place pour se coucher, Germaine. Embarquez!

–Y me semble qu'y avait un couvent pas loin de Percé, mais c'est vague. Les hommes disaient que les moines hébergeaient les voyageurs. Ça date pas d'hier, b'en sûr!

On roule en pleine noirceur. Je connais pas la route, ça me tue! La nuit vient raide dans ce pays-là! Janine miaule, Murielle se lamente d'un mal d'estomac, jusqu'à Ronald qui dit avoir des crampes dans le ventre. Faut trouver un coin. L'écriteau est marqué: Douglas. Vitesse, 30 milles.

–Tu connais ça Douglas, sa mère?

–Non, une place d'Anglais, je suppose. Y en a pas mal dans ce coin-là. Chez nous, y venait souvent des Irlandais, pis, le marchand en gros du magasin général était un Écossais. Mais c'est des gens qui parlent français comme tout le monde.

–Regarde, un garage, faudrait faire gonfler ton pneu, p'pa.

De l'air, pis du gaz. Les deux petites se lamentent en duo, c'est gai. Ronald monte sur les bagages de la remorque et sort des couvertures de laine. Il rentre à toute vitesse dans l'char, les couvertures traînent à terre.

–Percé, c'est pas trop loin?

–Vous êtes pas rendus, m'sieur.

Le petit jeune homme remonte son pantalon pendant qu'y verse la gazoline. On l'a réveillé. Y dormait sur un banc de la station.

–C'est si loin que ça! Y a-t-y un couvent dans les parages qui prend les voyageurs pour la nuit?

–Je connais pas ça. C'est pour vous autres?

–Oui.

–Allez à salle de danse au prochain tournant, en bas de la route. Y loue des chalets, des cabines, pas cher.

– Pas cher ?

– Non, non, c'est pas encore la saison des touristes. Pour un cinq, vous êtes bon.

– Merci du renseignement.

À la salle de danse, pour dormir à six, c'était dix piastres ! Dix piastres pour des petites cabanes branlantes. On continue.

À Saint-Georges-de-la-Malbaie, les lamentations montent plus fort. Va falloir dénicher un spot à tout prix. Germaine travaille fort, frictions sur le ventre de Ronald, petites caresses dans les cheveux pour Murielle. En avant, Albert et Janine regardent dehors. Pour rien, les yeux dans le noir, les yeux dans le vide. Je me dis que je suis rien qu'un pas bon, un pas capable. Y sont b'en obligés de se laisser faire, c'est terrible ça. Des enfants, c'est des petits esclaves. L'innocence, ça me fera donc toujours mal au ventre. Janine me regarde, on dirait qu'a compris.

– Comment tu fais pour savoir où aller ? J'avais de la misère à retrouver ma rue quand je dépassais le coin, comment tu fais p'pa ?

– On va tout drette, fille.

– T'es-t-y déjà venu en Gaspésie, p'pa ?

– Non, Ronald, mais y a la route, y a qu'à suivre la route.

Y a qu'à suivre la route. Ça fait b'en des années que je suis la route, toute une route notre existence, pleine de bosses, de trous, une route cahoteuse en démon, un chemin de misère, de vache enragée. J'en sortirai pas. Au lieu de penser, de penser, de tirer des plans, je me laisse aller à mon idée fixe de vengeance, de plus en plus, à mesure qu'on approche de l'Anse-à-Beaufils, du petit baveux qui m'a tué ma Rolande.

À quoi ça va m'avancer ? À Trois-Rivières, à Québec, à Sainte-Luce, j'oubliais. Maintenant, je pense p'us qu'à ça. Venger ma Rolande.

– C'est assez, Gilles. On en a assez !

– Quoi ? J'ai sursauté.

J'pensais que j'avais parlé tout haut.

– Faudrait trouver une place, y en peuvent p'us, je les soignerai.

– Bon, bon, je regarde comme faut, y a rien, c'est la mort, sa mère, pas une cabane, pas une lumière !

– J'ai apporté tous mes remèdes. Une bonne purgation pour le petit, un Bromo pour ma grande pis y vont dormir comme des anges.

Belle-Anse, c'est zéro. Et y a pas un sacrifice à faire. Y veulent pas descendre les prix. Le vingt piastres des comiques de la télévision s'achève. Y me restera p'us qu'une cinquantaine de piastres. Chaque cenne compte pour un gars qui veut s'installer avec toute sa famille.

– Non, y annonce Barachois.

– Ça va faire, à c'te place-là y faut trouver un coin.

– On va en trouver un coin, sa mère, on va en trouver un.

J'pèse sur le gaz. Je l'entends se déboucher un petit cream soda. A s'énerve trop. A pas sa petite en arrière pour y brosser les cheveux comme une mécanique, pauvre Germaine.

Barachois, tout le monde débarque, pis on va dormir là, à n'importe quel prix. Les yeux me ferment tout seuls.

L'Écossais de Barachois

– Ma femme vient des States, moâ, je viens des maritimes, du Nouveau-Brunswick. Vous allez voir, on va arranger ça. On s'arrange toujours avec les vieux Écossais, et je suis un vieil Écossais ! Venez !

On l'a réveillé. Je savais pas, y était proche deux heures. Y a mis sa robe de chambre. Y est tout rond, tout agité, le sourire sur la face, y nous regarde en souriant comme s'y nous connaissait depuis longtemps.

– Vous êtes six ! Six ! Bon, bon, j'pense qu'on va pouvoir s'arranger.

– On est pas des riches.

Y a pris son paquet de clés. Y sort de sa grande véranda vitrée, bourrée de bouquets comme un presbytère, le parloir du couvent à pépère Arthur !

– Venez voir, j'pense que ça va faire votre affaire, c'est pas des palaces mais c'est bien confortable.

– Les petits sont au coton, vous comprenez.

Y est pas vite. Y farfouille dans ses clés, pas pressé.

– Oui, oui, venez vite monsieur Bédard.

Y a fallu signer dans son grand cahier avec l'adresse d'où on vient. J'ai mis le numéro de mon vieux Léon, à Rivière-des-Prairies.

– Qu'est-ce que vous faites à Montréal ?

–J'suis dans les antiquités.

–Ah, ah, et vous venez voir si vous trouverez du beau butin en Gaspésie?

–Non, non. On est en voyage de plaisir, les parents de ma femme vivent à Bonaventure.

–Ah! Bonaventure, et vous êtes venus par le nord?

–Ouais, y avait pas d'autre chemin!

–Ah bien oui, par la vallée de la Matapédia, vous seriez venus plus vite à Bonaventure. Mais c'est si beau par en haut, n'est-ce pas?

–Ouéh, c'est beau!

Y parle en diable. Ça parle un Écossais. Y lâche pas. C'est pire qu'un Canayen. Y finit par allumer sur un petit balcon. On rentre dans sa petite maison en se bousculant. Un lit, deux lits, on va se tasser, tant pis.

–Regardez, il y a aussi ce divan, regardez, il s'ouvre et vous avez deux autres places pour dormir. Vous voyez, je vous attendais!

Y me regarde en riant avec son magnifique gros nez rouge.

–On est pas millionnaires!

–Venez, monsieur Bédard. On va discuter argent entre hommes.

Germaine me jette un look. Le comptable s'inquiète! Y me tire dehors sur le petit perron.

–Faudrait pas parler d'argent à ma vieille Écossaise. Combien vous pouvez payer?

–Écoutez, j'ai de l'argent, mais je vous dis, on est pas riches.

–Ne soyez pas gêné monsieur Bédard. Je ne juge pas les hommes selon l'épaisseur du portefeuille, vous savez. Combien vous pouvez me donner?

–Faites votre prix. J'ai de l'argent.

–On dira un dollar par tête, ça vous va ?

–Six piastres ?

–Non, quatre ! Je ne compte jamais les anges ! Vos deux tout petits.

Y sourit et me regarde toujours dans les yeux comme un bon chien gras, soufflant. Je lui donne ses quatre piastres. Y hésite à les prendre.

–C'est à cause de la femme, elle dit toujours que je suis un vieux fou, que je me fais rouler.

Y sourit et y souffle, y se mouche d'un doigt.

–Bonne nuit monsieur Bédard, bonne nuit.

Y m'a remis deux piastres dans le creux de la main. Deux piastres pour six, vraiment pas cher ! Mon Dieu, y existe encore des gens honnêtes sur la terre !

Albert rentre les couvertures. Je m'occupe du lot d'oreillers.

–T'es pas contre, p'pa, pour la marine ?

–Parle pas de ça. Albert parle pas de ça, la mère s'énerverait.

Janine avale déjà la potion purgative, pis Germaine va brasser un grand verre de Bromo pour Murielle. Albert découvre les chaufferettes électriques, les examine.

–Démanche rien pis allume, on gèle ici-dedans.

Murielle avale le Bromo, fait la grimace et lâche un hoquet énorme.

–Couchez-vous tout habillés, les enfants, ce sera plus chaud.

Mais Murielle ouvre son sac, sort son pyjama et va dans la salle de toilette. S'il vous plaît ! Mademoiselle ! Ronald est couché sur le divan ouvert, tortillé, Germaine y jette deux grosses couvertures.

Y a p'us rien qu'une petite veilleuse. Janine et Murielle sont installées dans un des deux grands lits. Dans cuisinette, Germaine met la bouilloire à chauffer et dévisse le couvert du Nescafé. A me connaît. Mes rouleuses pis mon café, j'sus bon pour vivre cent ans! J'avale une petite bière. J'en roule une. Ma Germaine se laisse tomber sur le lit vide en soupirant:

– J'suis morte!

J'ai envie d'aller faire un tour dehors. Je sors. La buée me sort de la bouche. Pas chaud sa Gaspésie! Un chien jappe. C'est assez pour que Ronald se réveille. V'là un chien qui va disparaître du paysage demain matin. La nuit est comme du charbon. J'vois rien que la lueur d'un réverbère sur la route au loin, et la veilleuse sur la véranda vitrée de mon Écossais bon comme du bon pain. Je regarde partout, y me semble que je le flaire, que je l'entends parler, rire, ricaner plutôt. Je sens qu'il est pas loin et mon poing se referme malgré moé. Michel Garant, fais ta prière!

Je me dis que d'abord faudra que je le laisse parler, et pis non, non, si je le rencontre, s'y a personne, je l'égorge d'un coup sec. S'y a du monde, je l'entraîne dans le bazou, cul par-dessus tête. Quelle job je vas y faire! Eh mon Dieu! Y va y goûter au sang lui aussi. Non, faudra qu'y s'explique, faudra qu'y s'explique. Je veux entendre ça. J'serai patient, le faut, j'serai comme un juge. Un juge. Les bras croisés, calme, avec mon couteau sorti de ma cachette sous le siège du char. Les bras croisés, j'vas attendre ses excuses, ses raisons. Mais y sortira rien de sa petite gueule de vicieux, de maniaque, rien. Je vois ça d'icitte. Rien. Y va tellement rester bête, la bouche ouverte, les yeux sortis de la tête, je vas l'étouffer pas de couteau, b'en tranquillement, en y parlant de Rolande, b'en tranquillement. De ma Rolande qui était la plus intelligente, la plus belle, qui était si douce, qui avait lâché l'école jeune pour nous aider en allant travailler dans petite manufacture à linges de la rue Waverley. Une fille en or, docile, jamais un mot plus haut que l'autre, se rendant toujours utile, le bras droit de Germaine.

Y a un vieux banc de bois, j'ai buté dessus. La brume s'épaissit. Chaque fois qu'y a du brouillard, y a un rêve qui me revient, toujours le même. Je le chasse.

J'ai eu la peur de ma vie, j'ai senti comme quelqu'un qui s'accrochait après moé, qui me tirait les jambes. C'est le chien qui jappait au loin. Je vois Albert qui sort de la maison. Y marche dans le noir, y se guide sur la lueur du feu de ma cigarette :

– T'as pas sommeil, p'pa ?

– Non, Albert, j'ai pas sommeil.

– Y a de la brume à mort !

– Tu peux le dire. Ça réchauffe-t-y ces petites chaufferettes électriques ?

– Oui, c'est bon, c'est bon. M'man fait dire que le café est chaud.

– Bon ! Écoute Albert, si jamais, si jamais je venais à disparaître, faudrait pas que tu t'en ailles, ni comme marin, ni autrement. Faudrait que tu aides ta mère.

– Qu'est-ce qu'y a p'pa ?

– Faudra que tu travailles. Fort, Albert, plus fort que ton père !

– P'pa, sens-tu ta mort prochaine ?

– On sait jamais Albert, on sait pas ce que l'avenir nous réserve.

–Écoute p'pa, t'as les idées noires pour rien, mais si jamais y t'arrivait un accident, faudrait pas compter sur un gars comme moé.

–Albert!

–Quoi? Vous me l'avez pas assez répété que j'étais un fainéant, un bon à rien, un maudit paresseux. Tu me l'as pas assez crié par la tête.

–Albert!

–Quoi Albert? P'pa, je le sais, j'suis pas fou, je vaux rien. J'sus pas intelligent. C'est pas de ma faute, vous aviez qu'à pas me mettre au monde.

Je l'ai jamais vu avec une voix comme ça, j'aimerais y voir le visage mais y fait trop noir et y est comme enveloppé de brume.

–Albert, on te chicane pour te fouetter, pour que tu fasses mieux. Exagère pas, t'es un bon garçon, mon grand!

–J'exagère pas. Même le frère Major, qui m'aimait tant, à l'école, m'appelait le cabochon. On peut pas compter su moé, personne.

–Albert!

–Le café est chaud, p'pa!

–Laisse faire le café, Albert, j'ai confiance en toé. Dans le fond j'ai confiance en toé, Albert.

–Sais-tu pourquoi je veux disparaître, le père?

–Albert?

–J'sus un lâche, p'pa, un lâche.

–Dis pas ça.

–J'sais ce que j'dis, p'pa.

J'y tenais les deux bras mais y s'est dégagé avec force.

–Ça peut pas se dire comment j'ai été lâche, p'pa.

Je l'ai pas vu s'éloigner. Y est rendu loin.

–P'pa, pour Rolande, pour Rolande, p'pa...

Je l'écoute pleurer, pis j'peux pas comprendre.

–P'pa, je l'ai su. J'ai su qui l'avait tuée.

Y éclate en sanglots après m'avoir crié ça!

–P'is, pis j'ai rien fait, p'pa, j'ai pas bougé, j'ai eu peur.

–Tu sais son nom?

–Non, pas son nom. Un soir, un soir, je rentrais de livrer mes journaux, y a un gars qui m'a accosté au coin de la rue, y m'a dit: «T'es un Bédard?» J'y ai dit: «Oui!» Y m'a dit: «Viens avec nous autres on va te montrer le chien qui a tué ta sœur Rolande, on le connaît.»

Pauvre Albert, j'ai marché vers lui. J'ai failli buter dessus. Y était tout écrasé, écrapouti par terre dans l'herbe mouillée. Je l'ai relevé:

–T'as pas osé y aller, hein?

–Non, j'ai pas osé. J'ai eu peur p'pa. J'suis rien qu'un maudit lâche, p'pa. Je t'ai attendu à porte de la taverne, dans ruelle. Je tremblais, j'étais gelé, quand t'es sorti, je t'ai donné la main pis j'ai pas rien dit. J'avais peur que tu me battes, que tu me trouves lâche à tuer, p'pa.

–Je t'aurais pas battu, mon grand.

–T'étais saoul mort. Tu m'aurais battu.

–Non, Albert, je t'aurais pas battu. Écoute, Albert, écoute comme faut, c'était pas à toé de régler ça.

–As-tu confiance dans la police, p'pa?

–Non, pas la police. Écoute, Albert, dans pas long-temps, le chien en question, y va disparaître. Je vas y régler son compte, Albert, tu m'écoutes comme faut? C'est ton père qui te le dit, son sort va être réglé dans pas longtemps, Albert.

– P'pa ?

– Oui, mon Albert, c'est pas à toé de venger ta
sœur. C'est à moé, son père. Albert, ça sera p'us b'en
long à présent.

Y commençait à se consoler.

– Viens, on va rentrer.

– P'pa, tu dis ça pour me calmer. J'sus calmé, p'pa,
mais j'sus pas fou, j'sais b'en que tu pourras jamais y
régler son compte si on s'installe en Gaspésie.

– Laisse faire, on a le temps mon Albert. On a le
temps pour nous autres !

Germaine s'est endormie en travers du lit. Je l'installe confortablement. Albert s'allonge à côté du petit
et le prend par le cou. Pauvre Albert, ça se prend pour
un homme, ça veut partir pour la marine étrangère.
J'bois mon café debout, et j'regarde les lits pleins, les
trois lits pleins de monde, pleins de vies. J'étais pas bâti
pour surveiller toutes ces vies-là. Ça me donne le vertige. Un tout nu, sans instruction, et toutes ces vies-là
accrochées après toé, qui attendent tes décisions. J'ai
envie de mettre le feu à la cabane, je me laisserais brû-
ler avec eux autres. Non ! Pas avant d'avoir réglé le cas
du petit morveux, du petit baveux, pas avant.

Ronald a une main qui pend en dehors du divan,
au bout de sa main y a son bateau à deux piastres qu'y
tient b'en solidement. Ça me calme. Ça me fait du
bien, ça me fait sourire. Ça me fait plaisir à voir, des
fois, l'innocence.

Germaine a fait un petit lavage. A s'est débrouillée
du mieux qu'a pu. Avec des cordes, a étendu notre
linge. Y en a plein le chalet, comme des drapeaux
mouillés au-dessus de nos têtes. La pièce transpire
d'humidité. J'ai du mal à m'endormir. Même odeur de

mouillé qu'à tous les lundis soirs quand ma mère, l'hiver, accrochait son lavage sur toutes ces cordes qui traversaient la maison. Ça me faisait rêver à des histoires mouillées, des bateaux de pirates, des noyades, des orages de pluie battante.

Léon m'a dit : « J'ai trouvé le chemin. Vas-y. Moé, j'ose pas. Vas-y, t'as peur de rien, toé. » J'ai monté. C'était un petit avion, y venait de la récupération de guerre. Les nuages ça finissait pas. Y me semble que l'avion était arrêté et que c'étaient les nuages qui se déroulaient tout autour, chaque côté, par en dessous. Y a un pilote mystérieux, le visage invisible à cause du casque et des grosses lunettes, qui m'a dit de sortir, qu'on est rendus. J'sors. J'suis b'en décidé. C'est donc ça le ciel, le vrai ciel ? Je veux le rencontrer, j'ai deux mots à y dire dans face. Deux mots. Y a pas un chat. Pas de plancher, je tiens debout je sais pas comment. Pas de murs ! Rien que de l'air d'une couleur grise, salie. Pas blanc, ni bleu, gris bête, gris rat.

Y a un air de musique, j'sais pas de quel maudit instrument que ça joue mais c'est écœurant à écouter. Comme un grincement, des portes de fer rouillé qu'on ouvre et qu'on referme. Pis des lamentations se font entendre, ça vient de loin. J'tiens pas trop à y arriver, tellement c'est déprimant.

Enfin, y a un petit vieux qui s'amène. Y ressemble pas aux images de mon catéchisme. Y a l'air plus vrai, je remarque ses mains, par exemple, avec de gros doigts sales, poilus, des mains d'ouvrier pas en chômage. Y me parle pas. Y marche à côté et je me laisse conduire.

– Où est-ce qu'on va ?

Y répond pas. Y marche et je le suis. On arrive enfin devant un grand paquet de linges étendus. On dirait un entrepôt de buanderie. Ça sent pas le savon mais l'eau de lavage, le Javex. On rentre en dessous des plis des grands draps gris-blancs qui forment une grande tente. Y a pas grand-monde! Sept vieilles femmes ridées, deux ou trois vieillards. Y sont plantés debout autour d'une caisse de bois franc. Y en a un qui tient un grand marteau de fer luisant et de grands clous pointus.

– Qui c'est qui est dans c'te boîte?

Le vieillard me pousse dans le dos. Je m'approche. J'vois rien d'autre qu'un lot de guenilles drapés ensemble. Y me semble qu'y a du sang, un peu, des traces, j'suis pas certain, c'est pas rouge mais rose, comme déteint, s'il y a un mort sous ces guenilles, y serait mort depuis b'en longtemps.

– Vous êtes content, vous l'avez vu, maintenant vous le savez?

– Quoi, m'sieur?

Le vieillard me regarde, on dirait pas qu'y est fâché, non, y me semble comme désespéré, en maudit, pis au désespoir.

– Vous allez en profiter, vous irez raconter ça à tout le monde, ce que vous avez vu?

– Non, j'sais pas. Pourquoi?

– Qu'est-ce que ça vous donnera? À quoi ça va vous avancer, hein? Ça changera rien.

– Écoutez, m'sieur, Léon m'a dit: « Ça fait longtemps que tu veux le rencontrer, vas-y, j'ai découvert le chemin. » C'est un gars qui connaît des tas d'affaires, qui déniche des vieilleries rares. Y m'a dit: « Tu vas le voir Dieu, lui-même, en personne. » Et j'ai pris l'avion qui traînait dans le champ en train de pourrir.

– Bon, ben allez-vous-en. Vous voyez, y a plus rien à voir, il est mort.

– Allez-vous-en, espèce de curieux. Que les gens sont curieux !

– Qui ? Dieu est mort, m'sieur ?

– Ça fait longtemps qu'il est mort, pas vrai ?

– Qu'est-ce que ça peut vous faire ?

J'étouffais sous ce paquet de linges, y étaient comme mouillés, l'humidité était effrayante. Je retrouvais pas le chemin, le chemin de l'avion. Peut-être que le pilote à grosses lunettes s'était fatigué, qu'y était reparti. Je me sus retourné, le vieux aux mains sales me regarde aller en retenant un bout de linge au-dessus de sa tête :

– Laissez-vous tomber, vous y arriverez plus vite. Laissez-vous tomber.

– Mais comment ?

– Pensez-le, laissez-vous tomber, pensez-le.

J'ai fermé les yeux et pis oui, je voulais redescendre. J'y pense. J'aimais pas ce gris, cette brume, cette odeur de sang comme celle autour des abattoirs de l'est, quand j'étais petit. Et j'me suis senti tomber, de haut, le cœur m'a fait mal.

Je me suis ramassé chez Léon, dans sa grande chaise de paille défoncée. Léon me regardait avec des petits yeux rieurs :

– D'où tu viens mon Bédard ?

– Tu peux pas savoir. Je l'ai vu. Je veux dire que j'ai pas vraiment rêvé. Non, c'est pas possible, Léon, les senteurs à plein nez, le bruit, la musique maudite, oh non, Léon, j'ai pas rêvé ! Je te le jure Léon.

Et pis je me sus levé, sus sorti. Je regardais la neige dehors dans les champs pleins de traîneries, de vieilles charrettes, de vieux bazous les roues en l'air, de vieux meubles, de pièces de ferraille. J'ai donné un coup de pied sur un sommier et y me semble que j'ai pu entendre un autre petit bout de la musique d'en haut. J'avais pus envie d'y dire. En haut, j'avais hâte, et pis là, non, j'aimais autant rien dire. J'sais pas. J'avais de la peine, j'avais jamais rien vu de plus triste. Dieu est pas mort, peut-être. On a voulu m'en faire accroire. Je m'apercevais que je voulais pas qu'y soit mort, je le voulais pas. Ça fait que, comme ça, je me suis senti un peu moins triste et, dans taverne, je suis parti à rire, à rire, et j'ai commandé trois belles draughts, une pour le père, une pour le fils, une pour le saint-esprit. J'ai avalé tout ça d'une traite et je garde le secret et je me répète que j'ai dû rêver, que j'ai dû rêver !

Beau matin. Beau soleil. C'est les jappements du chien, dehors, qui nous réveillent. Je regarde par la fenêtre. Ronald le fait courir après sa balle, le fait japper, le rend fou. Y a un nouveau chien, y est content. Les mains aux poches, matineux en bibitte, notre Écossais au nez rouge regarde, du pas de sa porte, les jeux du chien avec le petit, le sourire aux lèvres. Je me recouche.

Beau matin, beau soleil. Murielle s'étire, se lève debout dans son lit, fait ses gestes de gymnastique. Je la vois plus grande que jamais, belle comme un cœur et j'pense à l'autre et j'veux pas, et j'cours me passer la tête sous la chantepleure de l'évier. Ça réveille bête. J'suis rendu comme tout mou, tout attendri, c'est la beauté de ces paysages d'hier. La belle nature, ça ramollirait donc son homme ? C'est peut-être pour ça que les gens de la campagne sont plus doux que les gars de la ville. J'ai pas envie de le rencontrer. L'année prochaine, dans cinq ans, plus tard, jamais peut-être. J'suis donc un lâche et Albert a de qui tenir.

Ma Germaine se remet à l'ouvrage. Et toujours avec la rapidité voulue, ça m'épate une femme de même. Le pain tranché réapparaît, le toaster est branché, ça chauffe, le pain brûle jamais, ses deux mains sont comme des mécaniques, le beurre revole, la confiture Raymond baisse, un autre pot se vide en criant ciseau! Un café, et j'sus sur le piton, les yeux clairs. Une chance qu'au restaurant du Cap-je-sais-p'us-quoi Germaine a fait une bonne provision de lait. En se cachant, mais j'la vois, a se verse un peu de cream soda dans son verre de lait!

—Des petites douceurs, hein m'man?

Janine et Murielle sortent les couvertures, toujours le même manège. Albert prend une douche pour la première fois de sa vie. Y en revient pas. Moé, j'ai connu les douches de l'armée, jamais d'eau chaude, ça m'a écœuré du système pour le restant de mes jours.

—Germaine! Vas-tu prendre une douche!

—Voyons, t'as pas remarqué que je m'étais frisée, hier? Regarde!

—Y sont beaux!

J'y passe la main. A me tord le poignet. Oh, oh, j'ai compris! Hier, j'avais pas le cœur à l'ouvrage, a m'en veut. À matin, je filerais pour une petite partie de peau, mais a pas la tête à ça, ma grande rousse. J'examine le calendrier, on est le 27 juin. Y est neuf heures et j'suis de bonne humeur.

L'Écossais explique à Ronald la sorte de chien! J'entends Janine qui chante une chanson d'amour du hit-parade américain, en anglais s'y vous plaît! Murielle va s'étendre au soleil. Son rêve: se faire griller la peau comme une négresse, et le plus vite possible. J'ai laissé Albert aller au garage le plus proche pour cette histoire de pneu mou.

–Germaine, y sont tous sortis. Tu veux pas prendre une douche, ça te ferait du bien, non? Tu pourrais mettre un casque de bain pour te protéger les cheveux?

–Je te vois venir, mon petit cochon, je te vois venir. Tu sais que le matin, j'sus pas forte là-dessus, tu le sais. Gilles, j'ai hâte d'arriver à Bonaventure, j'ai le pressentiment qu'on va aimer ça, qu'on va retrouver un membre de ma famille, je peux pas croire qu'y a pas une de mes sœurs qui vit p'us là, je peux pas croire ça. Vas-tu rester couché toute la journée?

J'suis pas fin, j'imagine Bonaventure remplie de grandes femmes rousses, je les vois sortir sur le balcon de la maison d'enfance de Germaine, ses quatre sœurs, toutes des Germaines, toutes avec des longs cheveux rouges, toutes dans des costumes de bain vert pomme. Je rentre, b'en fier. Me v'là pris avec cinq Germaines à organiser, un harem de Germaines à contenter. J'en jouirais un coup, non?

–Tu ris tout seul encore?

–Oua!

–T'es fou?

–Ouan!

Ça y est, nous v'là encore prêts pour la route. L'Écossais finit pas de nous faire ses adieux, de nous expliquer les places à n'pas manquer, les bons coins pour les antiquités à dénicher. Germaine me regarde, a comprend pas, a sait pas que c'est mon métier, aux yeux du gros brandy-noze écossais. Y donne des pommes à Ronald et à Janine:

– Elles viennent de chez mon garçon de l'Ontario. Elles sont fameuses, les meilleures du Canada. Y vient pas me voir souvent, mon garçon, les jeunes sont durs de nos jours.

Murielle lui a confié une lettre. Une lettre d'amour. Pour son étudiant O'Neil de Québec. A les yeux dans brume. Albert fait son homme, installe la bâche sur le trailer, check les pneus.

Le petit a tout fait pour faire monter le chien ; de la confiture sur les doigts, des biscuits, là, y travaille avec sa pomme et des «pitou, pitou, pitou, viens, viens voir la Gaspésie, viens pitou».

– Tu perds ton temps Ronald. On s'en va! Ferme la porte.

L'Écossais lui caresse la tête :

– Il est à personne ce chien-là, à personne. Il va chez l'un et chez l'autre. C'est vrai, monsieur Bédard, c'est une drôle de bête. Il a pas de chez-soâ. Il aime la liberté. Il y a des semaines où il vient manger et dormir chez moâ, et puis, pendant des semaines, on ne le voit plus. C'est un chien sauvage, c'est curieux, il peut pas se fixer nulle part. Vous comprenez un chien comme ça, vous ?

Salut, l'Écossais. Salut et merci pour tout. J'pèse sur le gaz. J'suis pas un chien, quand même. Aussitôt que j'aurai réglé le cas de ce petit voyou de meurtrier, je m'en vas m'installer pour de bon, j'suis pas un chien. Je me bâtirai une maison, de mes mains, de mes deux mains, avec une chambre pour chacun de mes enfants. On aura un jardin avec tout, des tomates, des patates, du blé d'Inde, tout. J'sus pas un chien quand même !

Mon Dieu, faites que j'le trouve pas. J'ai pas le goût de la venger. J'ai p'us le goût de tuer personne.

Mais faites que je le rencontre pas, sinon, j'le sais, j'verrai p'us clair pis y aura rien, rien pour m'arrêter.

Je pèse pas trop sur le gaz. Y fait un vrai beau matin.

–C'est beau, ta Gaspésie, Mémaine, c'est beau!

–Tu sais, je m'en souvenais p'us que c'était si beau!

Pis, c'est des cris de mort, des cris de victoire! Aussitôt qu'y voient une plage, c'est fatal. Y sont tous dressés, les baguettes en l'air, le doigt pointé, une plage! « Coin-du-Banc » que c'est écrit sur le poteau de traverse du chemin de fer qui longe tout le tour de la plage de beau sable blanc. Du sel, ma foi du bon yeu, du sel!

–J'en ai jamais vu une si belle!

Pauvre Albert, t'as tant voyagé, pauv' p'tit matelot.

Ça débarque du char à toute vitesse. La remorque se fait brasser, les costumes de bain volent en l'air. Comme y a pas un chat dans le paysage, nous, les gars, on se déshabille dehors, en se cachant les uns des autres derrière la remorque bourrée. Les filles se changent dans le char. Et course vers la plage du Coin-du-Banc.

–P'pa! P'pa! Regarde les grosses écailles d'huîtres.

De vraies soucoupes de porcelaine, des assiettes. Ça sent la morue qui pourrit. Mais le vent, par grandes bourrasques, chasse les odeurs. La mer est d'un maudit beau bleu. Au large, les vagues roulent doucement et, rendues au bord, se jettent dans le sable férocement en chuchotant. Les v'là tout excités, criant, courant. Ronald, comme de bien entendu, se penche à tous les deux pas. Ses petits bras sont déjà pleins de bouts de bois lissés par les marées. Albert marche dans les vagues hautes de six pieds, à grandes enjambées, les genoux sous le menton.

–C'est de la glace, c'est b'en de valeur. J'ose pas me saucer.

Murielle est arrêtée. A en revient pas. Ses yeux brillent. Soudain, a se laisse tomber sur le fessier, a se creuse deux trous avec ses pieds, a creuse avec ses mains, a ferme les yeux, a l'offre son petit visage blanc au vent du large, est heureuse, les narines ouvertes.

–Germaine, c'est vraiment un beau pays.

–C'est trop beau, on dirait que c'est pas vrai. On dirait qu'on rêve !

Le vent soulève sa grosse crinière. A ferme les yeux comme sa fille, elle itou. Je l'ai jamais vu si belle. J'ai le cœur qui me cogne.

–Germaine, faut que je te parle.

J'la vois qui tremble un peu. A devine. A devine que j'suis tout changé, que j'suis p'us le même homme.

–Germaine, pour la petite, pour Rolande, on va oublier ça. Germaine, on va oublier !

A se retourne en poussant un cri, a me tombe dans les bras, a me serre à me faire crier. A m'embrasse en me mordant, a murmure :

–Oh merci, merci Gilles. Tu me fais du bien.

Et j'suis soulagé. C'est fini, fini. A sait que ça nous séparait. A savait que j'y pardonnais pas. Que j'y reprochais tout le temps. Que je l'avais battue, que j'oubliais pas, que ça me faisait mal, et que j'y pardonnais pas, que j'la tenais responsable. A savait que j'arriverais p'us jamais à vivre heureux si j'y pardonnais pas.

–Germaine, Germaine, on recommence à zéro. On repart à zéro.

– Oh Gilles, mon Gilles! On est sauvés. Je vas pouvoir dormir comme avant, je vas pouvoir respirer
comme avant, manger à ma faim. Tu m'enlèves un
poids, un poids effrayant.

A pleure. A pleure, mais doucement. Son sourire
me dit que c'est l'émotion, que c'est du soulagement.

On regarde jouer et courir les enfants. On est
comme au paradis terrestre. Murielle vient vers nous,
a regarde sa mère et pis a en revient pas. Elles éclatent de rire ensemble, elles s'embrassent, elles s'col-
lent. Leurs deux têtes forment une grosse boule de
laine rouge. Je m'éloigne, je dirais des folies, je sais
jamais quoi dire. Je sais jamais trop quoi dire. J'ai pas
de mots. Le cœur me débat. Une chance que Ronald
vient grimper sur mon dos en criant:

– 'Tit galop, 'tit galop, p'pa! Envoye, mon joual,
marche, hue, dia!

Je pars à courir, ça me fait du bien. Je cours vers
les vagues, j'entre dans l'eau, y me semble que c'est de
l'eau chaude, de la bonne eau tiède, y me semble que
c'est de la couleur, qu'on va devenir bleu tous les deux,
le ch'val pis le petit cow-boy! qu'on va devenir une
seule statue, une statue bleue, verte, transparente.
Ronald a jamais tant ri mais une vague y arrose le
visage. Je recule, y est étouffé. J'le couche dans le sable,
j'y tape dans le dos. Y me regarde:

– C'est beau, la Gaspésie!

– Oui, la Gaspésie, c'est beau en grand, 'tit cul!

Et y s'en retourne surveiller son lot de bouts de
bois poli, ses huîtres, ses pinces de homards, ses bigorneaux, ses coquillages, ses pierres chanceuses. Un vrai
pirate, 'tit cul Bédard!

Le vivant cimetière de Françoise Bizier

Ces jeux-là ont b'en duré deux heures au moins. On a grimpé sur une montagne, le bazou en peut plus. Y tousse, y crache, y shake. Ça tient. On débarque sur un belvédère.

Au bout d'un escalier de bois à n'en plus finir, on a pu le voir, ce fameux rocher percé. En bas, des nuages de brume l'enveloppent, on voit pas trop comme il faut. En haut de cette falaise, on a le vertige de regarder l'eau bleue dans baie, tout en bas, avec ses petites vagues comme des rouleaux de chevaux blancs.

– P'pa, on va-t-y passer dans le trou du rocher en bateau ?

– C'est certain ! À marée basse, l'Écossais a dit qu'on peut faire le tour à pied.

– Vite, on y va, p'pa.

– Murielle est joyeuse. On la regarde descendre le grand escalier et faire sa folle, son actrice de cinéma, a se déhanche, nous lance des bye-bye comiques, manque une marche et tombe à genoux !

– Ça t'apprendra à faire ta fraîche.

– Ronald lui tire la langue. Janine y va en courant ; sa grande sœur, faut pas qu'a se blesse, elle en a besoin. Germaine reste calme pour une fois, c'est b'en la première fois ! A pas crié. A me regarde avec un sourire tout chaud. Je lui donne la main, à ma belle grande carotte d'amour.

—T'es beau, grillé par le soleil, de même.

—Moé, j'aime ta peau blanche à l'année. Est belle, ta peau blanche Germaine, j'aime ça, tu l'sais, je te l'ai assez dit, depuis le temps que je te le dis, est belle ta peau blanche, tellement blanche. J'en mangerais, Germaine, je te mangerais tout rond!

—Pas devant les enfants, toujours!

J'enlève mes mains de là. Je me tanne pas, je me fatiguerai donc jamais d'y prendre les deux beaux ballons blancs, des pigeons, ces deux tétons avec des petits becs roses au bout. Je cours m'assir dans le char!

—Germaine! Germaine! Écoute ça! L'entends-tu péter, l'écœurant!

—Qu'est-ce qu'y a? Ton moteur? C'est un 58 ton Ford, Gilles!

—Écoute, j'ai p'us de gazoline.

—Bon. C'est de ta faute, t'en fais toujours mettre pour une piastre ou deux, tu fais jamais remplir.

—Misère, ça, c'est plate! Pas de garage à l'horizon. On peut pas penser à pousser, t'as vu la côte.

—Est pas si raide, le père, j'ai deux bons bras.

—Avec la remorque paquetée aux as, en arrière, t'es pas fou, Albert?

Ça débarque. Un par-derrière l'autre, le visage long.

—C'est pas grave, prenez pas des faces de carême, des faces de fin du monde. Je vas marcher jusqu'au prochain garage, on doit pas être loin de Percé, c'est un gros village à ce qu'y paraît.

—J'y vas aussi, p'pa, sur ton dos, 'tit galop, grand galop!

–Voyons, mon 'tit pit, t'es pas sérieux, j'ai pas envie de te porter pour revenir avec un bidon de cinq gallons dans les mains. Viens Albert.

–Avez-vous des difficultés ?

Tout d'un coup, une station-wagon apparaît. Klaxon, a s'arrête ! Une femme débarque, en pantalon blue-jeans, cheveux courts, sourire au bec :

–P'us de gaz ! Hé !

–Faites-vous-en pas, je vais vous tirer avec la camionnette.

–Vous avez pas peur avec la remorque en arrière ?

–B'en voyons, pas du tout. Qu'est-ce qu'on risque, de casser la chaîne ?

En parlant, a regardé Germaine avec un sourire de toute beauté, a caresse la tête de Janine, pis de Ronald.

–Vous avez une grande fille, madame !

Murielle fait son petit salut. Ça m'a l'air d'une femme calme, solide, de la race de ma carotte. Toutes les filles de Gaspésie ont donc la même santé, la même solidité dans les allures.

–Montez devant, les petits, on va vous tirer ça. Venez monsieur, monsieur ?

–Bédard, mon nom.

–Monsieur Bédard, j'ai une chaîne en arrière. Bizier, mon nom, Françoise Bizier. Venez m'aider.

On installe la chaîne. Les enfants aiment l'aventure. Y se font pas prier. Albert et Murielle s'installent dans la station-wagon. Janine et Ronald restent collés sur la mère, des petits poussins peureux !

–Venez madame Bédard, vous allez vous installer en avant, à mes côtés, avec les petits.

–On vous donne b'en du trouble.

– Non, non, les distractions sont rares dans le pays. Ça m'est arrivé déjà de manquer d'essence en route, c'est pas grave.

Me v'là tout seul dans le bazou, ça me fait tout drôle. Depuis le temps que ça jase, que ça chante, que ça chiale dans le char. Y me semble qu'on est en route depuis des années et des années. Bang! A tire la p'tite mère. En v'là une qui a pas peur à son truck.

Garage à l'horizon et hop! virage à droite, les brakes, la v'là sortie, heureuse de rendre service, jouant avec les petits, pliée en deux pour leur parler. A s'amène.

– Paraît que vous avez pas encore dîné? Y est déjà deux heures. Je vous invite, j'ai pas grand-chose mais ce sera de bon cœur.

– B'en, écoutez là, on veut pas vous achaler plus que ça.

– Non, non, ça me ferait plaisir.

Germaine s'approche, Murielle par-derrière

– On s'entend bien nous deux, vous savez!

A regarde Murielle.

– J'ai aussi une grande fille de son âge, c'est pour ça que j'ai le tour.

– Bon, b'en... j'sais pas, peut-être, une petite bouchée... Germaine?

– C'est ça, une petite bouchée. Vous voyez, là, à gauche, c'est là. Vous n'avez qu'à me suivre. J'ai aussi un gars un peu plus vieux que votre petit blond. Ils vont pouvoir s'amuser ensemble. Les enfants sont rares, j'habite pas au village, vous comprenez. Quand j'amène de la visite, ils sont fous de joie.

Germaine lui touche le bras:

– Vous êtes b'en aimable madame...

–Je m'appelle Françoise Bizier.

–Pas longtemps?

Est déjà montée dans son petit truck:

–Non, non, pas longtemps. Merci d'accepter. Merci!

Elle a crié son «merci» en partant, un nuage de fumée! J'ai jamais vu ça, un vrai cow-boy!

–Est comique, p'pa, ce madame-là, a nous a fait rire tout le long du chemin! Une vraie comique, p'pa.

–Ah! C'est une Gaspésienne!

Bon, ma Germaine qui s'enfle la tête. Françoise Bizier tourne à gauche, on la suit, c'est plein d'arbres, beaux sapins, grands sapins, une maison de bois, le genre chalet suisse avec des monuments de pierre tout autour. Drôle de spot!

–C'est-y un cimetière, p'pa?

–Tais-toé donc, a doit vendre des monuments.

Germaine aussi ouvre les yeux grands:

–Y sont pas finis finis, ses monuments.

On débarque. Ronald a le cœur qui bat vite, une grande chienne est allongée près d'une niche à côté de la maison avec, autour d'elle, une demi-douzaine de petits chiens! Y marche direct vers le paquet. C'est le paradis! Sept chiens d'un coup sec! Une grande fille, les cheveux aussi noirs que ceux de sa mère, sort de la maison. Comme sa mère, c'est le sourire de rigueur et a se dirige vers Murielle. A lui prend le bras comme si a retrouvait une vieille amie.

–Venez voir où on va manger.

Françoise Bizier vient chercher Germaine et l'amène sur le côté de la maison où y a une grande table de bois et des bancs taillés au couteau, comme des meubles d'exposition d'artisanat.

–J'ai du fromage, du lait, de la galantine de veau et des fruits en quantité. J'ai fait mon marché hier, à Gaspé.

Janine va s'installer dans une des balançoires. Albert me regarde :

–Du maudit bon monde ça, le père !

–Venez, monsieur Bédard, venez voir mon atelier, venez Albert.

On a regardé ses grosses roches, ses pièces de bois ouvragé. Germaine en revenait pas.

–Vous êtes b'en forte. C'est un vrai travail d'homme.

–J'ai de bons muscles, madame Bédard, Gaspésienne moi aussi !

–Quand est-ce que vous allez finir vos statues ?

–Jamais.

A s'allume une petite pipe. Albert en revient pas.

–Pourquoi que vous voulez pas finir vos monuments ?

–J'aime pas les choses finies. J'aime les choses que font les enfants et qui s'arrêtent toujours quand ils en ont assez, quand ils n'ont plus le cœur à l'ouvrage. Regardez les dessins des enfants sur le mur, là, c'est beau quand même, c'est intéressant, c'est pas fini.

–Que fait monsieur votre mari ?

A garde son sourire à toute épreuve :

–Monsieur, mon mari, est mort il y a deux ans. Dans l'avion de Toronto qui s'est écrasé à Sainte-Thérèse, vous vous rappelez peut-être ?

–Oui, oui. Ma pauvre p'tite dame !

Et on a mangé dehors sur sa grande table de bois. Murielle écoutait Yolande Bizier. C'est une petite bavarde comme c'est pas possible d'en imaginer. On aurait dit qu'a forgeait des histoires au fur et à mesure.

Avait la tête pleine de légendes, de racontars incroyables. Murielle en était toute démontée. Ronald y posait des questions, lui, les histoires, c'est son fort. Y en sait jamais assez long. Des sauvages, des voiliers volants, amenez-en, des princesses indiennes, des pirates espagnols !

–C'est mon père qui me racontait ces légendes du pays.

Albert, après avoir mangé en vitesse, s'amuse dans les morceaux de ferraille, tripote le fer à souder, s'amuse avec la scie électrique. Ça fait que j'en profite pour partir :

–Faut aller chercher le char, sa mère.

–Voulez-vous rester encore avec nous ? On mangera dehors encore, ce soir, regardez comme nos enfants s'amusent bien ensemble, et puis, on ira au feu de la Saint-Jean. Oui, c'est remis à ce soir. Depuis le 24 juin, il y a eu de la pluie tous les jours.

Les petits s'excitent, s'accrochent après la mère. Même Murielle demande pour rester encore.

–On voudrait pas trop déranger.

–Non, non. Les deux petits sont déjà amis à la vie, à la mort.

Ronald joue avec son petit garçon, Roger. Les chiots et la chienne sont dans un grand carré de sable. Y se construisent des niches, des tunnels avec de la slab de cèdre.

–Bon, b'en je vas en profiter pour faire le tour du village, Germaine, dans ce cas-là.

–Reviens pas trop tard, Gilles.

–Non, une heure au plus. Le temps de m'informer du chemin pour Bonaventure, des possibilités pour notre installation dans la région.

– À tout à l'heure, monsieur Bédard, regardez votre Albert. Il fera peut-être un artiste ? Un sculpteur comme moi !

– J'pense pas. Y veut être un marin.

J'aurais pas dû. Germaine me regarde toute démontée. J'ai dit ça pour parler, parce que j'sais trop qu'Albert n'a pas le genre artiste.

Le tacot m'attend, réparé, je tire cinquante cennes au garagiste :

– L'Anse-à-Beaufils, c'est pas loin ?

– C'est juste après Percé, m'sieur, vingt minutes de route.

– Bon.

Tous ces blocs de pierre m'ont fait penser à Rolande, aux pierres du cimetière où ma Rolande repose en paix sans être vengée.

En route, mon Gilles. En route, œil pour œil. Je tâche de me faire croire que c'est important. Ce maudit voyage-là m'a changé. Je sais pas d'où ça vient. J'suis déchargé. J'ai p'us le cœur à cogner. J'pourrais pas. C'est peut-être à cause du barbu de Trois-Rivières, peut-être à cause de la mer, de l'air, j'sais pas. À cause de la grande lumière quand on a roulé le long du golfe. La grande lumière qui vous ramollit le caractère, qui vous empêche d'avoir des idées noires.

J'pense à Rolande et pis ça vient pas plus. J'pense à son rire, a riait si souvent, à ses grands yeux bruns, à ses yeux doux. Déjà, c'est comme loin. C'est effrayant comme on oublie vite. Je pense à ses cheveux blonds, j'pense à elle, tant que je peux. Plus j'y pense et plus j'peux pas comprendre. C'est ça l'embêtant. Je voudrais comprendre, d'abord. Faudra que je comprenne. Faudra qu'y s'explique, on ne tue pas une fille comme

Rolande. J'ai toujours voulu comprendre. C'est pour ça que j'perdais mes jobs, je voulais comprendre. Ça énerve les gars, ça énerve tout le monde. Cogne là, frappe là-dessus, farme ta gueule pis cogne là, frappe icitte, pense pas. C'est ça que je pouvais pas avaler. Je dois ressembler à oncle Josaphat, le fou de la famille, le vieux notaire, le seul homme instruit de la gang des Bédard. Y l'ont mis en prison, y voulait trop comprendre. Mon père me disait que c'était un patriote. Un patriote ? Qu'est-ce que ça mange en hiver, un patriote ?

Dans l'anse, tout proche du coupable

V'là un paquet de maisons, un paquet de bateaux de pêche, l'écriteau : Anse-à-Beaufils. Je modère. Je cherche des yeux. Tout le monde est aux quais, là-bas.

Au bureau de poste, y a un bonhomme qui me renseigne.

– Oui, oui, Michel Garant, certain que je connais ça. Y est revenu au pays. Vous le trouverez chez le père Jobidon, c'est la première maison de ferme en sortant de l'Anse. Y a marié sa fille unique, Catherine. C'est un drôle de petit gars, un drôle de gars. Vous le connaissez peut-être ?

– Non. Merci du renseignement.

Sur les quais, y a une foule de petits gamins. Chacun a sa corde de pêche, les p'tits poéssons sortent sur un temps riche. J'ai jamais vu ça, y en poignent un à seconde ma foi du bon yeu ! Y a des grandes cabanes vides tout le long de la grève. Des hommes ont l'air d'attendre j'sais pas quoi. Tout le monde a l'air d'attendre ! Comme si y allait arriver une flotte de bateaux. Y me font penser aux débardeurs à Montréal, quand les glaces poignaient en décembre. Un pays de fainéants, ma foi ! Y attendent-y le messie ?

– Michel, Michel !

Je regarde. Y a une grande fille maigre, les cheveux dans le visage qui court derrière les grandes bâtisses des pêcheurs vers la grève. J'arrête le bazou. Je descends. On sait jamais. J'la suis. A descend sur la plage de petites roches à perte de vue. Y a des petits gars, à quatre pattes, qui fouillent dans les galets.

–Eh! qu'est-ce qui font là?

La grande fille maigre s'arrête, essoufflée, me regarde. J'la rejoins.

–Y cherchent des agates. C'est pour les revendre. Les touristes en demandent tout le temps. Ça se vend comme des p'tits pains chauds.

–C'est facile à trouver?

–Ah, non, faut le tour! Michel, Paul!

A repart en courant, en criant, a va se pencher près de deux petits noirauds aux cheveux frisés:

–Venez dîner, ça fait un' heure qu'on vous cherche. Vous allez vous faire tuer en arrivant, vous allez en manger toute une.

Y a pas de Michel Garant dans le coin. Tous ces enfants ont pas plus de dix, douze ans. Je remets le bazou en marche. Je sors du village. La mer est toujours là, le vent est plus fort, le soleil disparaît et reparaît. V'là la première maison à gauche du chemin. Je regarde la boîte aux lettres: Jobidon! J'y suis. Les mains me partent à trembler. C'est que je veux pas, j'sus pas prêt, j'ai pas envie de me fâcher, de me mettre en colère, d'assommer. Rolande! Rolande! Ton père est un maudit lâche.

Je laisse le char sur le bord de la route, j'ose pas entrer sur le petit chemin de sable qui mène à maison Jobidon. Et Rolande m'apparaît soudain, dans un rayon du soleil revenu. C'est Rolande, non? C'est pas croyable! On est pas allés à l'enterrement de ma fille, personne. On a rêvé!

– Vous cherchez quelqu'un, monsieur?

Blonde aussi, de grands yeux bruns, un visage rond, le teint blanc de sa mère.

– Oui. Euh! Oui. Qui êtes-vous donc?

– Catherine, Catherine Jobidon.

– Êtes-vous cèlle, celle qui a marié le Michel Garant?

– Oh, on est pas vraiment mariés! Y a pas voulu. On fait croire ça pour faire taire les commérages de la paroisse.

– Ah! Et… et y est pas là?

Je tremblais, a me regarde les mains, est pas folle. J'souhaite pas le voir. J'veux pas y parler. Plus tard. Lâche comme Albert!

– Non, y est pas à maison. Y travaille à Percé. Y travaille sur les bateaux qui font le tour de l'île pour les touristes.

– Ah bon! Bon!

– Voulez-vous voir mon père, y est derrière la maison avec les animaux?

– C'est pas nécessaire, non. C'est à Garant que je voulais parler.

– Bon. Vous le trouverez à Percé, au quai. Pourquoi que vous voulez le voir?

Mais le père Jobidon s'amène avec une chaudière dans chaque main:

– Qu'est-ce qu'y a la fille?

– C'est un monsieur qui cherche Michel, p'pa.

Y est rendu tout proche. Y me regarde en se mettant une main au-dessus des yeux, y fourre son chapeau de feutre entre ses genoux, s'éponge avec un grand mouchoir.

–Qu'est-ce que c'est que vous y voulez à Michel?

–Ça me regarde.

–Vous pouvez parler, j'suis au courant de ses affaires. Vous venez pour son organisation? Ça marche plus fort que jamais. Y vont finir par enrégimenter toute la Gaspésie à ce train-là.

–J'ai un compte à régler avec lui, en personne.

Y regarde mon char, la remorque par-derrière.

–Vous venez de loin, de Matane?

–Non, non. Laissez faire ça.

Je me retourne. J'aurais pas voulu, pas voulu la voir. Y a marié une autre Rolande, une autre, y en a d'autres, c'est vrai. Le petit salaud, y en a effacé une pis y s'est essuyé les mains, pis y en a trouvé une autre. Lui, y recommence. C'est assez, ça suffit. J'sus rechargé pour le tuer dix fois. Rolande, ça comptait pas, j'suppose. Le vieux me rejoint.

–Écoutez, monsieur, vous avez l'air de b'en mauvaise humeur. Vous savez, y sont jeunes, y font des promesses, faut pas leur en vouloir. Y sont bourrés de beaux principes. Moé, je les laisse parler, je les laisse faire sans trop y croire vous savez, à leur révolution. Y ont comme une foi, une foi terrible, ces jeunes-là, ça fait que j'empêche pas, du moins, je nuis pas. Y tiennent même des réunions dans maison, dans mes bâtiments, j'pense même qu'y cachent des armes. Je regarde pas trop, je veux pas savoir. Je sais rien qu'une chose, y ont la foi, y ont confiance, c'est mieux que rien, ça m'sieur, c'est mieux que nous autres, non? Nous autres, on se laissait vivre dans misère, on se laissait vivre sans rien espérer. Eux autres, m'sieur, y espèrent, y ont encore confiance. Vous comprenez, c'est ça que je respecte. J'pense que ça a pas de prix, l'espérance, la confiance. Pas vrai ?

Y baissait la tête. Comme si y avait honte de lui, j'sais pas, honte d'être vieux ? Je comprends pas trop ce qu'y vient de dire, ces histoires de foi pis d'espérance, on se croirait à messe, ma foi du bon yeu.

– Vous allez rire, vous allez penser que je sus un vieux fou fini. Mais quand je les entends parler dans leur réunion, eh b'en, je me sens gonflé, c'est peut-être fou, mais je sens qu'y a peut-être quelque chose à faire, se réveiller, se secouer. Vous pensez pas, m'sieur ? On a menti. C'est pas vrai qu'on est une race de moutons, une race de rampeux, de finis. Y se redressent, les Québécois, vous pensez pas ?

Je pense à rien d'autre qu'à m'en aller.

– Qu'est-ce que c'est votre nom ? J'y dirai que vous êtes venu.

– Laissez faire mon nom. J'vas essayer de le trouver là-bas, à Percé.

La Catherine marche à ses côtés. Le vieux Jobidon est resté planté là sur son chemin de sable.

– Écoutez, monsieur, je vous connais pas mais j'ai comme un pressentiment. Y me semble que vous lui en voulez à Michel. Faut pas, monsieur, faut pas. Si vous saviez. Si seulement vous saviez qui il est.

– J'le sais correct, ma fille, depuis une maudite bonne secousse.

– Non, vous pouvez pas le savoir. C'est un petit gars qui a beaucoup souffert.

J'm'arrête, j'la regarde. Le vent soulève sa petite robe de coton bleu, a retient ses cheveux pour pas être

aveuglée, a le front plein de plis, les yeux à moitié fermés par le soleil.

–Je l'ai connu, ma petite fille, je l'ai connu, ton
Michel Garant.

–Où ça, m'sieur?

–D'où je viens.

–D'où venez-vous?

–De Montréal.

–Ah! Vous venez de Montréal.

–Oui, je viens de Montréal, ma petite. On vient
toute la gang de Montréal, Germaine et mes enfants,
Albert, Murielle, Janine et le petit Ronald. On vient
de Montréal, un voyage spécial. Pis y me manque
quelqu'un, y m'en manque une, une fille, une grande
fille de ta grandeur, Catherine Jobidon, de ta grosseur,
avec des yeux bruns comme les tiens, et de grands cheveux blonds comme les tiens!

J'y tenais un bras en marchant et je serrais. A se
défait de ma poigne. J'monte dans le char, j'ai trop
parlé, j'suis devenu fou. Je pèse sur le gaz. Est collée
sur le char et pis, comme je pars, je l'entends qui me
crie:

–Vous êtes son père, le père de Rolande?

Le soleil baisse à vue d'œil. Me v'là les yeux pleins
d'eau.

Bonne Aventure : l'île de l'innocence

Le soir est là. Déjà! C'est vrai qu'on a mangé tard chez c'te drôle de femme artiste. Les artistes! V'là des gens pas gênants. Y en avait un peintre dans le quartier, quand j'étais petit, c'était l'ami de tout le monde. On dirait qu'y ont pas de cœur. On peut rire d'eux autres, de leurs ouvrages, de leur accoutrement, y se fâchent pas, ça leur fait rien, comme si y avaient pas de cœur. Au fond, j'pense que c'est parce qu'y vivent au-dessus du monde, au-dessus de nos petites histoires. Y sont pas regardants. Y remarquent pas la pauvreté, ni même la misère. Y remarquent rien! J'aurais voulu être un artiste. J'en parlais pas. Je savais b'en que j'avais pas de talent. Mais j'avais envie parce qu'y me semble qu'y font à leur tête, à leur goût, qu'y ont pas de boss, qu'y ont pas de comptes à rendre, qu'y ont pas d'heure, qu'y se mettent à l'ouvrage quand y sont en forme, de jour ou de nuit. Y avait un étudiant des beaux-arts dans notre rue Drolet. Un grand gars b'en sympathique. Germaine en avait peur parce qu'y portait la barbe, les cheveux longs, qu'y avait pas l'air d'être toujours tiré à quatre épingles. C'était le fils de l'épicier-boucher du coin. Ses études lui portaient pas à tête, y s'arrêtait souvent pour jaser un brin devant le balcon. Germaine sortait ses grands termes, les enfants la regardaient, b'en surpris de la voir parler pointu. Je me souviens d'un soir qu'y a dit:

–Madame Bédard, faudra que je fasse votre portrait un jour. Je ferais une grande forêt de mousse rouge au-dessus d'un long visage blanc comme de la porcelaine chinoise.

Germaine était devenue toute mal, a savait p'us où se mettre.

Y s'appelait René Béguin, mais tout le monde l'appelait «Vannego», j'ai jamais su pourquoi. Y avait demandé à Rolande si a voulait poser toute nue pour lui. Avait eu peur la peur de sa vie. Y disait: «Je demanderai à ma mère de rester avec nous dans la cave.» Y paraît qu'il avait peinturé tous les murs de monstres en couleurs furieuses. Albert en a rêvé, une fois.

Quand Rolande est morte, y est venu me donner un grand portrait d'elle, peinturé sur une annonce de Pepsi-Cola en carton. Y est au fond d'un tiroir de la commode dans la remorque. Je creuserai un trou pour enterrer le petit écœurant de Garant et j'y jetterai le portrait de René Béguin dans le trou. J'aime autant jamais le revoir ce portrait-là. Ça me faisait boire comme un damné chaque fois que le regardais.

Y fait presque noir, ma foi. V'là Percé et son quai dans l'anse. Des bateaux sont accrochés, y a des hommes qui jasent, qui fument. Pas loin du quai, sur la plage, y a des enfants, des hommes, des femmes, et un grand bûcher de fagots pour le feu de joie. Je gage que la femme pis les petits y sont déjà.

–Te v'là! On est venus avec la camionnette de madame Bizier.

–Tu m'excuseras, Germaine, mais jase avec un, jase avec l'autre.

–C'est pas grave, mon Gilles, regarde, on s'est trouvé un coin.

Le petit est assis sur Murielle et Albert discute avec un des gars qui préparent le bûcher. Janine joue dans le sable avec une vieille pelle rouillée. Les lumières de l'hôtel Normandie jettent des lueurs jusque sur la mer.

–Madame l'artiste n'est pas avec vous autres ?

–Est partie chercher des couvertures.

–Tiens, je vas te descendre les nôtres.

Je reviens avec la pile de couvertes de laine. J'y donne.

–Germaine, on m'a dit de voir un dénommé Jobidon sur le quai, y paraît qu'y connaît un garagiste qui chercherait un bon homme.

–Va-t'en pas, Gilles !

–C'est important, Germaine, penses-y.

A sentirait-y ce qui va se passer ? J'ai les mains mouillées.

–Ça sera pas long, Germaine, une petite demi-heure, peut-être moins.

–Tu vas manquer le feu.

–B'en non, y fait pas assez noir encore pour allumer. J'serai revenu avant ça.

Je serai revenu Germaine. Germaine je veux pas être un lâche. Faut que j'le voie, faut que je sache pourquoi, faut que Rolande soit vengée, Germaine. Tu devrais comprendre ça pourtant, tu devrais comprendre ça. Je serai revenu ma Germaine, on le mettra au fond de la remorque, je le tuerai peut-être pas. On l'attachera dans la remorque, pis on l'amènera aux gars du poste de Montréal, à ces pauvres chiens qui savent pas comment chercher, comment mettre la main au collet d'un assassin. L'assassin de la plus belle fille de la rue Drolet, à Montréal. Je serai revenu Germaine, et pis je viendrai m'assir avec vous autres, je t'ouvrirai un petit cream soda, on regardera le feu de camp en paix. Rolande sera en paix aussi. Y aura un petit morveux de moins sur cette terre à cochons.

J'pèse sur le gaz. Je m'avance proche du quai. Y a une grosse barque avec un gars dedans qui enroule des bouts de câbles. Je m'approche :

— Menez-vous les touristes dans l'île là-bas ?

— Pas à c'te heure-là, hé. Bientôt, on verra plus rien sur l'eau. J'suis pas équipé pour la noirceur.

— Vous travaillez tout seul sur votre bateau ?

J'ai peur de sa réponse. Y me semble qu'y va m'apparaître, qui va sortir de la cabine de planches, et je pourrais pas m'empêcher de sauter dessus, de l'assommer à mort, de le jeter à l'eau et j'entends son nom : « Michel Garant ».

— Que… qu'est-ce que vous dites ?

— Je dis que j'ai un aide, le jeune Michel Garant. J'ai pas besoin de personne.

— C'est pas pour de l'ouvrage.

Faut que je m'arrête de trembloter en parlant. Ça va paraître que je veux le frapper. C'est Rolande qui m'commande, j'le sens, est dans mes bras, dans mes poignets, dans mes doigts. Oui, Rolande, on est arrivés, oui, tu vas être vengée. Attends un peu, ne m'énerve pas trop.

— J'aurais besoin de lui parler à votre Michel Garant.

— Ah ! Ce sera pas facile de le voir, y est resté sur l'île.

Y me montre la grosse forme noire, la grosse roche brune au large, dans l'eau qui me fait peur pis qui m'attire aussi.

–C'est b'en important, faut que je lui parle.

–Vous venez pourquoi, ou bien pour l'organisa-tion des pêcheurs, ou bien de la part du vieux Jobidon?

–Ouais, justement.

–Personne de malade, toujours?

–Y a sa femme, Catherine.

–Qu'est-ce qu'y a, un accident?

–Non, non, un message.

Y enlève sa casquette et se décide à me regarder dans les yeux:

–C'est un drôle de gars, le Michel. Je sais pas ce qu'y a au juste. Y reste souvent comme ça, dans l'île. Y doit avoir une raison. J'y demande pas. Ça y arrive deux, trois fois par semaine! Y reste là à rêvasser, je suppose.

–Vous pourriez pas m'amener sur l'île?

–Ouow là! Savez-vous ce que ça coûte mettre cette boîte-là en marche?

–Bon.

–Je regrette.

J'le regarde. Y a remis sa casquette. Y met le cade-nas sur la petite porte de sa cabine. Y a b'en vu que j'étais pas le genre à cracher un dix ou un vingt pour une petite balade nocturne. Y s'en va avec de la rhu-barbe plein les bras.

Je regarde tout autour. Un ou deux bateaux se balancent. Un petit yacht à moteur s'amène. Y a un jeune homme bien habillé dedans. Y éteint son Johnson vingt forces. Y avait une fille couchée au fond, que je voyais pas. Y s'embrassent. Je me cache derrière une cabane, sur le quai. J'entends le jeune homme qui dit à fille:

–Arrive vite, j'ai toujours aimé les feux de camp, depuis que je suis petit.

–Boy scout, va!

Y rient et s'en vont vers la plage en courant sur le quai. J'm'approche du yacht. Le petit cave a laissé la clé sur son starter. C'est ma chance pour aller égorger l'autre. Les vagues sont fortes. Je fais le tour de l'île. Je cherche un côté abordable. J'le trouve enfin après avoir contourné toute cette partie du roc coupé raide, rempli de petits trous remplis d'oiseaux qui braillent à tue-tête. À les entendre criailler, on dirait les plaintes de milliers de petites gorges de Garant qu'on égorge. Y a un quai de planches. Une passerelle et puis un escalier de bois qui mène au-dessus de la falaise. J'y grimpe.

Dans pas longtemps, ça va être la nuit noire. La noirceur qui tombe de plus en plus rend le paysage inquiétant en diable. J'vois Percé, son rocher troué, la grève, le feu qu'on vient d'allumer. J'tremble p'us. J'sais que je vas régler un cas grave, mais c'est la justice! Enfin, on va faire justice à Rolande, à une Bédard.

Au restaurant de l'île, on est pas méfiant:

–Le petit Garant, y entrera pas avant la noirceur complète. Vous le trouverez au bord de la falaise, à jongler, à regarder les fous de Bassan. Vous pouvez pas le manquer, notre petit philosophe. Y doit préparer les grands discours qu'y va nous tenir jusqu'à deux heures du matin.

Je vas y en faire un discours. Y est là, c'est sûrement lui. J'suis certain. Je vois ça à son allure. Je le sens, bon chien de chasse le père Bédard! Meilleur que les chiens qui sont assis au poste de la rue Jarry et qui attendent toujours qu'on vienne dénoncer pour se grouiller. Le v'là, le meurtrier de ma Rolande.

–Salut!

Y a du front! Lui, y a pas de flair. Salut? Y va l'avoir dans le cul son salut. Les oiseaux blancs, les fous comme y disent, tournent en rond, disparaissent derrière lui.

– Venez voir, y a un couple qui se prépare à jeter les petits en bas. C'est leur loi.

– La loi, Michel Garant, j'suis venu te la rentrer dans la caboche!

Y a lâché son beau sourire d'ange mal lavé. Y me regarde, m'examine.

– Vous me connaissez?

– Ça fait longtemps que je te cherche!

– Pourquoi? Vous me cherchez?

– J'ai un petit message à te livrer.

Je sors mon couteau glissé dans ma poche de coupe-vent.

– Un message de qui?

Y regarde mon couteau, au fond de ma main gauche.

– De Rolande, Rolande Bédard!

Y est venu la face sombre. Y ouvre les mains, y bouge pas. Y se retourne, regarde les oiseaux, en bas, de côté. L'hypocrite, le puant!

– Tu pensais que je te rejoindrais pas dans ta petite cachette?

– Je me cache pas, m'sieur Bédard!

Je m'approche, j'y mets la main au collet. J'y montre le couteau, j'y pique la peau du cou.

– Qu'est-ce qui vous prend? Pourquoi?

– Écoute, mon petit niaiseux, fais ta prière. On est pas là pour regarder le coucher du soleil.

– Vous êtes son père, à Rolande, non?

– Oui, j'suis son père, le père de la fille que t'as souillée, que t'as tuée.

Y me regarde, y est tellement calme, si pas nerveux que j'ose pas frapper, pourtant mes bras sont comme du fer. Je sens que ça va me reprendre, que je veux comprendre.

– T'as rien à dire avant de crever?

– Crever? Pourquoi? C'est toujours pas de ma faute ce qui est arrivé.

– Répète donc ça?

– Vous savez b'en que Rolande s'est tuée, vous le savez, non?

La main me retombe. Qu'est-ce qu'y dit là, qu'est-ce qu'y raconte? Rolande s'est tuée? Rolande s'est tuée? J'en peux p'us. Je me mets à crier, y me semble qu'on doit m'entendre à travers toute la Gaspésie:

– Comment ça, ma fille s'est tuée? Comment ça? On l'a tuée! Et j'ai su par qui, mon enfant de chienne, je l'ai su. Et c'est pas la police qui m'a renseigné, je sais qu'on peut pas compter sur ces chiens-là pour se protéger, nous autres, les tout-nus.

– Qui? Qui vous a raconté ces histoires?

Y tremble, enfin, y m'a l'air écœuré.

– Léon. Léon Gervais, tu dois le connaître? Non?

Les oiseaux font un tapage de tous les diables. Les vagues battent contre l'île. J'ai les yeux pleins de larmes. Rolande, c'est ta minute de justice. Y va l'avoir planté jusqu'au cœur. Je lève la main, je frappe mais y lève son bras devant lui et se jette par en arrière. J'y déchire le chandail de laine noire.

– Vous êtes fou? Vous êtes fou? C'est lui, c'est le vieux Gervais qui couchait avec votre fille, il la payait pour s'amuser dessus! Vous l'avez pas su? Je l'ai dit à la police!

En voulant le rattraper, j'm'enfarge sur une pierre et j'tombe. Le couteau me part des mains. Y vient le ramasser.

–Monsieur Bédard, monsieur Bédard, c'est épouvantable. Faut m'écouter, une minute, une minute seulement. Après, vous ferez ce que vous voudrez. Je vous redonnerai vot' couteau.

Y est à quatre pattes comme moé, face à face, on est comme deux chiens, face à face. J'aperçois les lueurs du feu qui montent dans le ciel de l'autre côté. On entend des chansons dans la nuit.

–Rolande m'aidait, m'apportait de l'argent, de plus en plus. J'avais pas de job, pas une cenne. A m'aimait trop, a m'aimait tellement. Je me demandais où a pouvait trouver tant d'argent. C'était pas sa petite job à manufacture de la rue Waverley, a vous donnait tous ses gages, pas vrai?

Y s'est retourné, y est assis, me tourne le dos, baisse la tête. J'ai le visage en feu. J'ai peur. Je voudrais m'en aller, j'ai peur de ce qu'y va me dire, je voudrais flyer comme un de ces oiseaux.

–Je l'ai suivie, un jour, après son ouvrage. Je l'ai vue aller dans la boutique à Léon. Je l'ai vue!

Y a la voix cassée, y baisse la tête encore plus.

–Le vieux fou barrait même sa porte.

Y me regarde. Dans les yeux. Mon couteau au fond de sa main, y l'enfonce dans terre:

–J'y ai fourré une volée au vieux, j'y ai cassé ses lunettes.

Léon! Mon vieux chum Léon! J'aurais dû me méfier, depuis le temps que je le voyais peloter toutes les petites filles qui traînent là!

Je braille. Ça m'avance pas, mais je braille. J'me souviens de ses mains sous la jupe de Murielle avant de partir. Ce vieux fou que je pensais impotent, pas dangereux, un peu vicieux mais pas dangereux. Léon!

—Votre fille m'a promis de jamais y remettre les pieds. Pis, est tombée malade, a vomissait tout le temps. On s'est décidés. On est allés chez l'ivrogne à Godon, vous savez, le docteur des pauvres à Montréal-Nord? Y était plus saoul que jamais. On aurait pas dû. Ç'a été un vrai carnage. On est restés là quasiment dix heures. Rolande s'est réveillée, enfin, a m'a supplié de l'amener. J'ai été lâche, vous pouvez pas savoir.

—Y s'est relevé et y marche un peu plus loin. Y va au bord de la falaise. Y a laissé le couteau là, planté dans terre. Les oiseaux chialent à p'us s'entendre. Je m'approche pour l'écouter continuer:

—J'ai été un beau salaud. J'y avais dit que j'y pardonnerais jamais ses histoires avec le vieux.

Y se retourne, me regarde:

—C'est assez écœurant, non? A y allait pour m'apporter de l'argent. J'étais cassé, tout nu. C'est-y assez lâche?

Y parle moins fort. Je m'approche encore pour comprendre, y braille plus qu'y parle:

—On marchait tout de travers. A saignait. L'ivrogne à Godon avait travaillé en fou, c'était certain. A se plaignait. Et pis je faisais rien pour l'encourager, pour la consoler. Vous pouvez me tuer, monsieur Bédard!

Y était secoué. Y avait besoin de parler depuis trop longtemps. La tête me bourdonne, j'ai envie de le pousser en bas du rocher, dans les oiseaux et pis de me garrocher derrière lui. On est deux beaux salauds. Moé, pendant ce temps-là, j'cuvais ma bière tranquillement, au fond de la taverne. Je l'entends marmonner, dans l'ombre :

—Rendus près des tracks, a en pouvait plus de marcher. On a voulu passer au-dessus du tunnel pour couper court. Rendus en haut du tunnel, a courait après son souffle. A voulu s'asseoir. Je l'ai laissée faire. J'étais jaloux du vieux. J'arrivais pas à m'arracher ça de la tête, à plus les voir ensemble dans son petit cocron miteux, en train de l'enfoncer en bavant, le deux piastres sur le coin de la table !

Ses lèvres tremblaient. Y était devenu blanc comme un drap. Je le secoue :

—Après, qu'est-ce qui est arrivé ? Après ?

Y se met à brailler :

—J'sais pas trop. Je la regardais même pas. Était assis' sur la balustrade du tunnel. Pis, tout d'un coup, je me retourne, pis je la vois partir dans le vide au-dessus de la rue. Était là, en bas, sur le dos, comme un paquet de viande, au milieu de la rue. Y a un char qui a fourré les brakes. Je bougeais pas. Je voulais tomber, oui, me jeter en bas, comme elle. C'était déjà plein de chars, sous le tunnel. Ça criait. J'ai entendu une grosse voix qui répétait : « C'est un hit and run, c'est un hit and run. » Personne regardait en haut, sur le tunnel. Je voulais crier, pis y avait rien, rien qui me sortait de la gorge. J'sais pas combien de temps j'sus resté là, planté comme mort. Y me semble que je rêvais. J'ai entendu une voix de femme qui disait : « Est morte, a été violée, est pleine de sang. Y ont dû la jeter en bas d'un char en marche. » Oui, y me semble que je rêvais, que j'étais assis aux vues, que je regardais un film de Frankenstein, de Dracula. La police est arrivée. J'ai eu peur. Je me suis sauvé. Tuez-le donc le petit maudit lâche ! Ça me fait rien. J'aurais p'us à revenir me ronger les sangs, la nuit, sur l'île.

Rolande ! Rolande, ma petite fille. Ma plus grande, ma plus raisonnable. Je pensais que c'était la plus raisonnable. Elle aussi, était pognée comme tous nous autres. Elle aussi, fallait qu'a se débrouille. Avait trouvé ce moyen-là. Lui, y me fait pitié, debout comme un ombrage qui regarde les oiseaux se débattre au-dessus du rocher. Y a l'air d'un petit fouet, d'une branche d'arbre. Ça s'arrête donc jamais, c'te misère-là ?

– Y sont venus me chercher le lendemain, y m'ont battu, y m'ont gardé deux jours, deux nuits au cachot. Y pensaient que je l'avais tuée. Je répétais toujours la même chose : « Disparais, pousse-toé, fais-toé rare 'tit gars, c'est mieux pour ta santé. » Je suis revenu chez nous, en Gaspésie. Plus pauvre que jamais.

– Pauvre p'tit cave, va !

– Oui, monsieur Bédard, un pauvre petit cave ! J'ai été un pauvre petit cave.

C'est bête, c'est le feu, la lumière qui m'appelle de l'autre côté. Les chansons sur la grève. On descend la passerelle côte à côte. Y me tient le bras parce qu'y fait noir, pis je connais pas trop le chemin. Faut s'aider entre tout-nus. Faut s'aider. Y grimpe dans le yacht à moteur. Y le fait partir, y connaît le chemin par cœur. J'reste là, écrasé, en avant, j'regarde le noir. C'est donc comme ça ? Les chiens de la rue Jarry ont donc du cœur. Y voulaient donc pas me dire la vérité : « Votre fille s'est suicidée. » Y auraient du cœur, les chiens du poste ? Moé, pauvre cave, je rêvais, je cherchais le coupable comme un pauvre cave.

Au bord de l'eau, loin, y a les grandes flammes rouges du feu et je pense aux cheveux de Germaine, de

Murielle. Je pense à Ronald aussi. J'peux pas les laisser là sur la grève. On approche, y est trop tard. J'aurai pas le courage de m'jeter à l'eau, y est trop tard! On entend chanter, des grosses voix, des petites voix : « Auprès de ma blonde, qu'il fait bon, fait bon, fait bon... »

Avant d'embarquer dans le yacht, y m'a dit :

—M'sieur Bédard, votre femme, est parfaite!

—Comment?

—Oui, a vous a pas raconté rien. A savait, elle, pourtant. J'étais là quand les policiers lui ont tout dit, pour le suicide.

Germaine que j'pensais la plus faible? A savait tout ça. A disait rien. A gardait ça pour elle. Pourquoi? Une fille avortée qui se tue. Germaine, je t'en ferai une autre, Germaine. On s'en fera une neuve. Une nouvelle Rolande. Qu'on va mieux soigner. Qu'on sortira pas de l'école trop vite, qu'on enverra pas travailler trop jeune. Murielle va continuer ses études, Janine aussi! Je va m'fermer la margoulette pour garder ma job, je la bâtirai la maison, de mes deux mains, s'il le faut, on aura un jardin avec des tomates, des patates, tout le reste. Je suis prêt à travailler cent ans! Germaine, tu le mérites!

—Ça va donner un coup, on est rendus, tenez-vous b'en, m'sieur Bédard.

Sur la grève, y sont tous là. Y regardent le feu, les yeux brillants. Germaine me serre la main, m'offre une place sur le paquet de caisses à homards. A soulève la couverture de laine grise.

—Germaine, regarde qui j'ai rencontré? Un ami de Rolande, tu te souviens?

—Oui, Michel? Je me souviens de lui.

A lui fait un petit sourire faible, pis a regarde les flammes, son visage est plus beau que jamais, plus blanc que jamais, ses cheveux plus rouges, y me semble.

—Germaine, tiens, je t'ai ramassé un cream soda dans le char.

—Merci !

Deux grosses larmes coulent sur ses joues, faut pas qu'a pense à Rolande, faut pas.

Ronald s'approche, me grimpe sur le dos avec, dans sa main gauche, un grand bout de bois lisse, un autre bateau ! Ça chante en chœur : « Il était un petit navire, il était un petit navire… » Albert a une bonne voix de basse déjà !

—P'pa, j'aime ça la Gapésie, moé.

—La Gaspésie, Gaspésie, mon Ronald.

Germaine me regarde en souriant.

—Quoi ! Faudrait essayer de parler notre français comme du monde, pas vrai ?

—Gilles, où est-ce qu'on va coucher à soir ?

—T'en fais pas. Le jeune Garant nous invite toute la gang. Y dit que le père Jobidon va se faire un plaisir de nous héberger. Y a pas plus aimable.

—On est toujours chanceux en fin de compte, pas vrai Gilles ?

Sous la couverture, je sens sa main qui me presse la cuisse très fort, et pis, d'une traite, a siphonne la moitié de son cream soda.

—Germaine, on sera chez vous, à Bonaventure, vers demain midi, dans ta place natale !

—Y a rien qui presse, Gilles. On te suit. On te suivra tout le temps.

J'suis allé à la remorque. J'ai pogné l'ostensoir inutile, la cage vide, le briquet cassé, j'ai tout jeté ça à l'eau, au bout du quai. J'veux p'us rien savoir de ce vieux tabarnac de Léon, de ces vieilleries. J'pardonne pas, j'oublie. Nous autres, les cassés, on a pas les moyens de pardonner. Ça fait qu'on oublie… qu'on se retourne, pis on s'en va ailleurs, pis on continue.

Montréal, février 1965

DOSSIER

Notice biographique

Romancier, dramaturge, essayiste et chroniqueur, Claude Jasmin est né le 10 novembre 1930 à Montréal. Il a étudié quatre années au collège Grasset. Son père lui refusant d'aller à l'École des beaux-arts, il poursuit sa scolarité à l'École du meuble, où il obtiendra un certificat de céramiste, et à l'Institut des arts appliqués, où il enseignera l'histoire de l'art de 1963 à 1966. Claude Jasmin fait du théâtre amateur et s'improvise décorateur-étalagiste avant de donner des cours de peinture au Service des parcs de la Ville de Montréal de 1953 à 1955. À partir de 1956, il devient décorateur et scénographe à Radio-Canada.

Parallèlement à son métier de scénographe, il publie *La corde au cou* en 1960 et remporte le prix du Cercle du livre de France. Critique d'art à *La Presse* de 1961 à 1966, il écrit aussi des textes pour la série *Nouveautés dramatiques* de Radio-Canada. Suivent, pour la télévision, des téléthéâtres tels que *La mort dans l'âme* (1962) et *Blues pour un homme averti* (1964) et, pour le théâtre, certaines pièces demeurées inédites. Il a adapté pour la télévision deux de ses récits et créé ainsi les feuilletons *La petite patrie* et *Boogie-Woogie 47*. Son roman *La sablière* a donné lieu à un film. À tous ces feuilletons, téléthéâtres et publications s'ajoutent également quantité de textes parus dans *La Presse*, *Sept-Jours*, *Québec-Presse*, *L'Actualité*, etc.

Outre le prix décerné à son premier roman, Claude Jasmin a aussi obtenu le prix Arthur-B. Wood pour sa pièce *Le veau d'or* (1963), le prix France-Québec pour son roman *Éthel et le terroriste* (1965) et le prix Wilderness-Anik pour *Un chemin de croix dans le métro* (1970).

En 1980, la Société Saint-Jean-Baptiste de Montréal lui remettait le prix Duvernay pour l'ensemble de son œuvre. En 1985, il prend une retraite anticipée de la SRC (scénographie). Il poursuit son travail de romancier tout en collaborant régulièrement à de nombreuses émissions de radio et de télévision.

Bibliographie

La corde au cou, roman, Montréal, Cercle du livre de France, 1960.

Délivrez-nous du mal, roman, Montréal, À la page, 1961.

Blues pour un homme averti, théâtre, Montréal, Parti pris, 1964.

Éthel et le terroriste, roman, Montréal, Librairie Déom, 1964.

Et puis tout est silence, roman, Montréal, Éditions de l'Homme, 1965.

Pleure pas, Germaine, roman, Montréal, Parti pris, 1965; Montréal, Typo, 1989.

Roussil. Manifeste, interview et commentaires, Montréal, Éditions du Jour, 1965.

Les artisans créateurs, essai, Montréal, Lidec, 1967.

Les cœurs empaillés, nouvelles, Montréal, Parti pris, 1967.

Rimbaud, mon beau salaud!, roman, Montréal, Éditions du Jour, 1969.

Jasmin par Jasmin, dossier, Montréal, Claude Langevin éditeur, 1970.

Tuez le veau gras, théâtre, Montréal, Leméac, 1970.

L'Outaragasipi, roman, Montréal, L'Actuelle, 1971.

C'est toujours la même histoire, théâtre, Montréal, Leméac, 1972.

La petite patrie, récit, Montréal, La Presse, 1972.

Pointe-Calumet boogie-woogie, récit, Montréal, La Presse, 1973.

Sainte-Adèle-la-vaisselle, récit, Montréal, La Presse, 1974.

Danielle! ça va marcher!, reportage, Montréal, Stanké, 1976.

Feu à volonté, recueil d'articles, Montréal, Leméac, 1976.

Le loup de Brunswick City, roman, Montréal, Leméac, 1976.

Revoir Éthel, roman, Montréal, Stanké, 1976.

Feu sur la télévision, recueil d'articles, Montréal, Leméac, 1977.

La sablière, roman, Montréal/Paris, Leméac/Robert Laffont, 1979.

Le veau d'or, théâtre, Montréal, Leméac, 1979.

Les contes du sommet bleu, contes, Montréal, Quebecor, 1980.

L'armoire de Pantagruel, roman, Montréal, Leméac, 1982.

Maman-Paris, Maman-la-France, roman, Montréal, Leméac, 1982.

Deux mâts, une galère, mémoires, Montréal, Leméac, 1983.

Le crucifié du sommet bleu, roman, Montréal, Leméac, 1984.

L'État-maquereau, l'État-maffia, essai, Montréal, Leméac, 1984.

Des cons qui s'adorent, roman, Montréal, Leméac, 1985.

Une duchesse à Ogunquit, roman, Montréal, Leméac, 1985.

Alice vous fait dire bonsoir, roman, Montréal, Leméac, 1986.

Safari au centre-ville, roman, Montréal, Leméac, 1987.

Une saison en studio, récit, Montréal, Guérin littérature, 1987.

Pour tout vous dire, journal, Montréal, Guérin littérature, 1988.

Pour ne rien vous cacher, journal, Montréal, Leméac, 1989.

Le gamin, roman, Montréal, l'Hexagone, 1990.

Comme un fou, récit, Montréal, l'Hexagone, 1992.

La vie suspendue, récit, Montréal, Leméac, 1994.

Un été trop court, journal, Montréal, Quebecor, 1995.

La nuit, tous les singes sont gris, roman, Montréal, Quebecor, 1996.

Pâques à Miami, roman, Outremont, Lanctôt éditeur, 1996.

L'homme de Germaine, roman, Outremont, Lanctôt éditeur, 1997.

Albina et Angela : la mort, l'amour, la vie dans la Petite Patrie, poèmes, Outremont, Lanctôt éditeur, 1998.

Maurice Duplessis ou le Patriarche bleu, roman, Outremont, Lanctôt éditeur, 1999.

Papa Papinachois, roman, Outremont, Lanctôt éditeur, 1999.

Enfant de Villeray, récit, Outremont, Lanctôt éditeur, 2000.

Je vous dis merci, autobiographie, Montréal, Éditions Alain Stanké, 2001.

Pour l'argent et la gloire, autobiographie, Trois-Pistoles, Éditions Trois-Pistoles, 2002.

À cœur de jour, journal, décembre 2001 à mars 2002, Trois-Pistoles, Éditions Trois-Pistoles, 2002.

Écrivain chassant aussi le bébé écureuil, journal, avril à août 2002, Trois-Pistoles, Éditions Trois-Pistoles, 2003.

Interdit d'ennuyer, entretiens, Francine Allard et Claude Jasmin, Montréal, Triptyque, 2004.

La mort proche, journal, septembre à décembre 2002, Trois-Pistoles, Éditions Trois-Pistoles, 2004.

Rachel au pays de l'orignal qui pleure, roman, Trois-Pistoles, Éditions Trois-Pistoles, 2004.

Toute vie est un roman, correspondance, Claude Jasmin et Michelle Dion, Trois-Pistoles, Éditions Trois-Pistoles, 2005.

Chinoiseries, roman, Montréal, VLB éditeur, 2007.

Des branches de jasmin, roman, Montréal, VLB éditeur, 2008.

Le rire de Jésus, roman, Saint-Sauveur, Marcel Broquet, La nouvelle édition, 2009.

Papamadi, roman, Montréal, VLB éditeur, 2010.

TYPO
TITRES PARUS

Grelet, Nadine
La fille du Cardinal, tome I (R)
Hamelin, Jean
Les occasions profitables (R)
Harvey, Jean-Charles
Les demi-civilisés (R)
Hémon, Louis
Maria Chapdelaine (R)
Hénault, Gilles
Signaux pour les voyants (P)
Jacob, Louis et Bonenfant, Réjean
Les trains d'exils (R)
Jacob, Suzanne
Flore Cocon (R)
Jasmin, Claude
La petite patrie (R)
Pleure pas, Germaine (R)
Laberge, Albert
La Scouine (R)
Lacombe, Diane
Le clan de Mallaig, tome I.
L'Hermine (R)
Le clan de Mallaig, tome II.
La châtelaine (R)
Laferrière, Dany
Comment faire l'amour avec un
Nègre sans se fatiguer (R)
Éroshima (R)
Je suis fatigué (R)
L'odeur du café (R)
Lalancette, Guy
Un amour empoulaillé (R)
Lalonde, Robert
La belle épouvante (R)
Lamoureux, Henri
L'affrontement (R)
Les meilleurs d'entre nous (R)
Langevin, Gilbert
PoéVie (P)
Lapierre, René
L'imaginaire captif.
Hubert Aquin (E)
Lapointe, Paul-Marie
Pour les âmes (P)

Le vierge incendié (P)
La Rocque, Gilbert
Après la boue (R)
Corridors (R)
Les masques (R)
Le nombril (R)
Le passager (R)
Serge d'entre les morts (R)
Lasnier, Rina
Présence de l'absence (P)
Latraverse, Plume
Tout Plume (... ou presque) (P)
Leblanc, Louise
37 ½ AA (R)
Lejeune, Claire
L'atelier (E)
Lelièvre, Sylvain
Le chanteur libre (P)
Lévesque, Raymond
Quand les hommes vivront
d'amour (P)
Lévesque, René
Option Québec (E)
Maheux-Forcier, Louise
Une forêt pour Zoé (R)
Mailhot, Laurent
La littérature québécoise (E)
Mailhot, Laurent et Nepveu, Pierre
La poésie québécoise. Des origines
à nos jours (A)
Maillet, Andrée
Le doux mal (R)
Les Montréalais (N)
Major, André
Le cabochon (R)
Malavoy, André
La mort attendra (E)
Marcotte, Gilles
Le roman à l'imparfait (E)
Miron, Gaston
L'homme rapaillé (P)
Monette, Madeleine
Amandes et melon (R)

Le double suspect (R)
Petites violences (R)
Montbarbut Du Plessis, Jean-Marie
   Histoire de l'Amérique
     française (E)
Nelligan, Émile
   Poésies complètes (P)
Nepveu, Pierre et Mailhot, Laurent
   La poésie québécoise. Des origines
     à nos jours (A)
Ollivier, Émile
   Passages (R)
Ouellette, Fernand
   Les heures (P)
   Journal dénoué (E)
   La mort vive (R)
   Le soleil sous la mort (P)
   Tu regardais intensément
     Geneviève (R)
Ouellette-Michalska, Madeleine
   L'échappée des discours
     de l'œil (E)
   L'été de l'île de Grâce (R)
   La femme de sable (N)
   Le plat de lentilles (R)
Ouimet, André
   Journal de prison d'un Fils
     de la Liberté (E)
Patry, André
   Le Québec dans le monde
     (1960-1980) (E)
Perrault, Pierre
   Au cœur de la rose (T)
Pilon, Jean-Guy
   Comme eau retenue (P)
Préfontaine, Yves
   Terre d'alerte (P)
Rioux, Marcel
   La question du Québec (E)

Roy, André
   L'accélérateur d'intensité (P)
Saint-Martin, Fernande
   La littérature et le non-verbal (E)
Soucy, Jean-Yves
   L'étranger au ballon rouge (C)
   Un dieu chasseur (R)
Théoret, France
   Bloody Mary (P)
Thérien, Gilles (dir.)
   Figures de l'Indien (E)
Thoreau, Henry David
   La désobéissance civile (E)
Tocqueville, Alexis de
   Regards sur le Bas-Canada (E)
Tremblay, Jean-Alain
   La nuit des Perséides (R)
Trudel, Sylvain
   Le Souffle de l'harmattan (R)
   Terre du roi Christian (R)
Union des écrivains québécois
   Montréal des écrivains (N)
Vadeboncoeur, Pierre
   Les deux royaumes (E)
   Gouverner ou disparaître (E)
Vallières, Pierre
   Nègres blancs d'Amérique (E)
Viau, Roger
   Au milieu, la montagne (R)
Villemaire, Yolande
   La constellation du Cygne (R)
   Meurtres à blanc (R)
   La vie en prose (R)
Villeneuve, Marie-Paule
   L'enfant cigarier (R)
Warren, Louise
   Bleu de Delft.
     Archives de solitude (E)
   Une collection de lumières (P)

(A) : anthologie ; (C) : contes ; (D) : dictionnaire ; (E) : essai ; (N) : nouvelles ;
(P) : poésie ; (R) : roman ; (T) : théâtre